자신을
사랑하는 법

감정을
이해하면
저절로
알게 되는
것들

# 감정을 이해하면 저절로
# 알게 되는 것들

| | |
|---|---|
| 초판인쇄 | 2022년 06월 07일 |
| 초판발행 | 2022년 06월 13일 |

| | |
|---|---|
| 지은이 | 김희옥 |
| 발행인 | 조현수 |
| 펴낸곳 | 도서출판 더로드 |
| 마케팅 | 최관호 최문섭 |
| IT 마케팅 | 조용재 |
| 교정교열 | 이승득 |
| 디자인 디렉터 | 오종국 Design CREO |

| | |
|---|---|
| ADD | 경기도 고양시 일산동구 백석2동 1301-2 |
| | 넥스빌오피스텔 704호 |
| 전화 | 031-925-5366~7 |
| 팩스 | 031-925-5368 |
| 이메일 | provence70@naver.com |
| 등록번호 | 제2015-000135호 |
| 등록 | 2015년 06월 18일 |

정가 15,000원
ISBN 979-11-6338-267-6 03810

자신을
사랑하는 법

---

# 감정을
# 이해하면
# 저절로
# 알게 되는
# 것들

김희옥 지음

도서출판 **더로드**
The Road Books

내 삶의 주인공으로
자기결정권
자유의지로 살아라!"

# "마음공부를 왜 하세요?"

"마음공부를 왜 하세요?" 스님께서 툭 던지신 화두를 들고 집으로 돌아오는 내내 마음속은 맴맴맴.

'내가 마음공부를 왜 했지?'
며칠이 지나고서야 '아하~!' 의문이 풀렸다.
평정심을 찾고서야 비로서 잊고 있었던 것이 생각났다.

나의 마음의 화두는 '중도'였다.
나에게 중도란 결핍과 욕망의 간극의 이해와 균형을 통한 조화다.
그것을 깨닫기까지 꽤 오랜 세월을 보냈다.
내 안에 있는 결핍감과 욕망이 무엇인지 확실히 자각할 수 없어서 이해되지 않고 풀리지 않은 의문들로 늘 궁금해 했다.

이 책은 그 여정에서 특히 기억에 남은 경험과 불교와 심리학을 기반으로 마음공부했던 내용들을 정리했다.
공부환경으로 왔던 인연들의 이야기도 담았다.
독자에게는 하나의 공부거리로 참고가 되면 더할 나위 없다.

3년전에 마음의 내면탐구를 주제로 개인저서를 쓰기 시작했다.
두 챕터를 남기고 글쓰기가 중단되었다.
그리고 독서토론학당, 사업학교, 사장학교, 부동산학교 등 정신 없이 다른 공부들을 하러 다녔다.
그리고 3년의 발효점을 지나가니 나머지도 정리가 되었다.

끝맺음을 못하고 헤매는 나를 지켜보느라고 함께 마음고생한 남편에게도 고마움을 전한다. 사랑하는 양가 부모님과 가족들 에게 감사하다.
특히 가까이 사는 언니, 형부에게도 감사와 미안함이 함께 있다.

이 책을 내면서 제일 행복하고 힘들었던 사람은 나 자신일 것 이다.

원고를 마치고 교정을 보는 과정에서 부족한 자신을 돌아보게 되었다.

그리고 나의 존재를 더 알게 되었고, 나를 더 사랑하게 되었다.

포기하지 않고 내면의 마음탐구를 잘 마무리 해 준 나의 인내에 대해 감사하다.

글로 마음을 표현하고 마음을 위로하는 여정을 통해 또다른 나를 발견했다.

삶이 원래 그럴수도 있음을 이해하면서 내면을 직면하는 용기와 깊은 화해가 이루어졌다.

이 책을 통해 오해하지 않고 세상과 잘 소통하는데 작은 보탬이 될수 있기를 소망한다.

끝으로 공부할수 있는 기회와 큰 사랑을 주신 스승님들께 감사의 마음을 담아 이 책을 바친다.

2022년 5월 모든 인연에 감사하며

저자 김희옥

뭔가에 짓눌려 크게 묶여 있었던
마음의 자유와 해방감을
이제야 느껴 본다.

# Contents
**차례**

제2장
진짜 감정과 마주하기

제3장
가끔은 개인적인 태도가 나를 자유롭게 한다

제4장
불편한 감정에서 자유로워지는 8가지 연습

제5장
## 나는 지금 이대로 충분히 괜찮은 사람이다

**제1장**

# 나는 왜 이렇게
# 예민할까?

Emotion

01

## 감정은 당신이 아니다

연애경험이 전무했던 시절, 나는 늘 친구들한테 연애상담을 해주는 맏언니 같은 존재였다. 학창시절에는 관상이나 사람의 속마음을 연구하는 심리 관련 서적을 즐겨 읽었다. 이론이 쌓일수록 실전에도 강할 줄 알았다. 혜민 스님이 모 방송 TV의 청춘을 위한 인터뷰에서 이렇게 말씀하셨다. "날 알고 싶을 땐 연애를 열심히 하세요. 그리고 연애뿐만 아니라 사람들과의 만남을 다양하게 하세요."라고 했다. 왜냐하면 그러한 관계 속에서 내 모습이 거울처럼 드러난다고 했다. 나는 나를 알아가는 최고의 방법인 연애를 열심히 하기보다는 책을 통해 나를 공부했다.

청춘 시절 나는 연애를 건너뛰고 성공하는 커리어 우먼을 꿈꾸며 일에만 매달렸다. 연애에 대한 호기심보다는 일에서 얻게 되는 성과가 나는 더 좋았다. 그러던 중 온라인 듀오 같은 커뮤니티 모임에 참여하게 되었다. 90년대 유행하던 PC통신은 사라지고 인터넷의 발달로 웹의 시대가 펼쳐지면서 다양한 커뮤니티 사이트들이 많이 등장했다. 나는 한 사이트에서 친구모임, 영어모임, 여행모임 등 관심 있는 분야에 가입했다. 직장을 다니면서 영어공부에만 몰입했던 나에게 새로운 활력이 생겼다. 특히 친구 모임은 30대 초반인 나의 늦바람을 불러일으켰다. 모임이 있는 날에는 부산에서 비행기를 타고 올라오는 열성파 친구도 있었다. 모임의 리더 S군의 카리스마에 친구들은 늘 열광했다. 덕분에 많은 것들을 경험하고, 친구들과 여행도 자주 다녔다. 20대를 청춘다운 청춘 없이 보냈던 나는 30대 초반에 찾아온 삶의 신바람이 좋기만 했다.

평소에 마음을 잔잔한 상태로 유지한다는 것은 참 어렵다. 노력하면 할수록 더 어려운 것이 마음을 알아가는 것이다. 부모님으로부터 물려받은 나의 기질은 모범생 스타일이었다. 조부모님의 기질을 닮아 공부하는 것과 깔끔한 걸 좋아했다. 물질적으로 넉넉한 편이었던 외가의 영향으로 따뜻하고 정겹다는 말을 많이 들었다. IT업종의 직업적인 영향으로 정적인 면에서 동적인 면으로 많이 바뀌었다. 일에 있어서는 한번 시작하면 끝을 보는 열성파였다. 반면 삶의 의미를 상실했을 때는 움츠리는 나를 보면서 실망하기도 했다. 그때는 반신욕과 좋아하는 책을 몰입해서 본다. 다이어리를 챙겨 하루 종일 도서관에서 생각정리를 하고 나면 마음이 맑아진다. 내가 왜 지금 무엇 때문에 우울하지? 화두를 잡고 몰입을 하다보면 막혔던 생각이 스스로 풀어진다. 남한테는 고민상담을 잘 들어주고 풀어주는 편이었다. 하지만 혜민 스님의 말씀처럼, 연애를 많이 못해서 나의 감정의 깊이를 모르는 걸까….

사회에서 알게 된 동생 J는 만나면 늘 남편에 대한 불평불만을 한 번씩 토로했다. J의 남편과 이야기를 나눠보면 책임감도 뛰어나고, 특히 선한 인상이 제일 먼저 눈에 들어온다. 그런데 동갑내기 둘은 늘 아옹다옹한다. 감정을 다루는 문제와 말투가 화근이다. 두 사람 다 마음의 근본은 선하다. 하지만 늘 이런 식으로 감정싸움을 하곤 했다. 사연을 들어보면 정말 별것이 아니었다. 아주 사소한 것들. 그것들이 그들의 관계를 갑작스럽게 흔들기도 했다. 그러면 나는 보통 병력이나 가족력을 물어보기도 한다. 타고난 기질도 있고, 살면서 좋지 않은 습관이나 알게 모르게 쌓아온 나쁜 감정이 영향을 받기 때문이다. 내외적인 기질의 낙폭이 클수록 감정으로 인한 상처가 많다. 마음의 상처를 많이 받기도 하지만, 반면 상대에게 상처를 많이 주기도 한다. 그것은 자신을 보호하기 위한 본능이다. 감정을 스스로 조절할 때 인생에서 큰 어려움을 극복할 수 있다.

감정, 생각, 마음이 어디에서 시작되는가. 생각은 지식을 갖춘 만큼 일어나는 게 생각이다. 내가 습득한 지식만큼 생각을 하는 거다. 인간은 지식이 나한테 들어와서 정립이 된 만큼 생각의 폭이 결정된다. 생각이 일어나고 나면 마음으로 전달이 된다. 마음이 움직이고 나서 느끼는 게 감정이다. 감정을 다른 언어로 표현하자면 기분, 느낌, 주파수, 에너지, 파동 정도로 이해하면 좋을 거 같다.

'감이 빠르다' 는 말이 있다. 감이 좋으면 눈치가 빠르고 센스가 좋다. 빠른 대신에 실수를 하기도 한다. 내가 아는 것을 가지고 상대를 재단하고 평가한다. 그러면 상대는 상처를 입는다. 나 또한 예전에 그런 경우가 많았다. 하지만 마음공부를 하고 나서는 생각을 조심한다. 그 촉이라는 것도 내가 아는 만큼 보이고 느끼기 때문이다. 내 앞의 인연은 늘 귀한 존재이다. 내 관념대로 판단하고 분별해서 서로 오해를 하게 되면 결국 상처는 되돌아온다.

진짜 참 마음은 진공상태에서 아주 평온한 상태이다. 외부의 정보들이 나의 오감을 통해 참 마음이라는 공간에 연출될 뿐이다. 사실 기분 좋은 상태, 우울하거나 화난 상태도 내 마음이 아니다. 좋은 감정은 그냥 두어도 좋지만, 나쁜 감정은 내 안의 마음까지 상처를 주기 때문에 잘 조절해야 한다.

'부정적인 생각과 감정은 내가 아니다' 는 것을 정확히 인지해야 한다. 제 3자의 관찰자가 되어 감정으로 변질된 마음과 대화를 해본다. 왜 이런 생각과 감정이 드는 걸까…. 어떤 정보 때문에 변질된 것일까…. 여러 가지 질문을 내 안에 던져본다. 사람이 누군가가 지켜보면 엉뚱한 생각을 잘 못하듯이 내 안의 마음도 그런 습성이 있다. EFT는 'Emotional Freedom Technique(정서 자유기법)' 의 약자로 언어적 표현을 통한 심리 치료와 마음을 편안하게 해주는 심리도구이다. 내 안의 내면아이와 대화를 나눌 때 인지능력이 좋고 효과가 빠르다. 내 안에 관찰자를 심어두면 부정적인 뭔가가 느껴질 때 자동으로 센서가 작동할 수 있다. 그러면 따로 시간을 내어 어렵게 사유하고 성찰할 시간이 줄어든다.

현대인들에게 가장 문제되는 감정은 분노, 우울, 불안, 죄책감

등이 있다. 감정의 고유 목적을 인지할 때 우리는 감정을 선택해서 쓸 수가 있다. 내가 감정의 노예가 아니라 행복한 나의 삶의 도구로 쓰면 된다. 감정은 사람에게 없어서는 안되는 소중한 것이다. 오감을 통해 전해 오는 삶의 매순간 느낌은 사람만이 가질 수 있는 감정이다. 기쁨과 행복의 긍정적 감정이 주는 이점을 얻을 수 있는지 다양한 방법을 배워야 한다. 과거의 경험과 트라우마, 외적 환경 등 나쁜 감정에 휘말려 소중한 나의 인생을 낭비해서는 안된다. 그것에 부여하는 자신의 의미를 내면의 성찰을 통해 이해해야 한다.

사람들은 현재의 생각과 감정이 어디에서 온 줄도 모른다. 그것이 마치 나인양 착각하며 참 많이 속고 살아가고 있다. 내 안에 존재하니까 알아도 속고 어쩔 수 없이 속아 넘어가는 게 현실이다. 현재의 감정은 내가 아니다. 다만 평생 함께 가야 할 나의 것일 뿐이다. 내 마음의 주인으로 살기 위해서는 나의 감정 선택 훈련이 매우 중요하다.

02

# 불편한 감정과 일정한
# 거리를 유지하라

나쁜 감정과 좋은 감정이 따로 있을까? 감정을 오욕칠정이라고 한다. 오욕은 사람의 감각인 오관(五官), 즉 '색(色), 성(聲), 향(香), 미(味), 촉(觸)'에서 비롯되는 원초적·본능적 욕망을 말한다. 칠정은 희로애락애오욕, 즉 기쁨, 노여움, 슬픔, 즐거움, 사랑, 마음, 미움, 욕심을 말한다.

우리 사회는 '분노조절 장애'라는 집단병을 심각하게 앓고 있다. 세상에 온통 분노한 사람들이 넘쳐나고 있다. 배려 없는 불쾌지수는 그러한 감정을 더 자극시킨다. 사회에서 기본 욕구가 충족이 안되고 있다는 것이다. 그리고 사람들이 인정과 칭찬에 목말라 있다는 의미다.

마음공부에 한참 열중하던 시절이 있었다. 오랫동안 투잡으로 하던 주식투자를 과감하게 그만두었다. 마음공부한 것을 주식에 적용하려던 시점에서 '마음공부는 사람에게 적용하라!' 는 내 안의 울림이 있었기 때문이다. 7년이라는 긴 세월 동안 동행해 온 주식투자를 갑자기 그만두는 건 쉽지 않았다. 한때 가족들의 마음을 아프게 했기에 더 매달렸는지 모르겠다. 나는 긴 수행을 마친 사람처럼 홀가분하게 그 세계를 빠져 나왔다. 그리고 장기적으로 유지만 해왔던 IT업을 재정비했다. 융합할 수 있는 새로운 일을 찾았다. 마음공부를 좀 더 실천적으로 할 수 있는 직종이 무엇인지 고민 중이었다.

친구 M은 한 달에 한두 번은 꼭 만나는 절친이다. '아이러브스쿨' 친구 찾기에서 10년 만에 다시 만난 초딩 친구다. 서울에서의 해후를 시작으로 만남을 이어갔다. M은 대학 때부터 영어 과외를 했다고 한다. 나이 40을 넘길 때쯤 어떤 큰 변화가 필요하다면서 홀연히 캐나다로 어학연수를 떠났다. M은 아버지의 병환으로 2년 만에 돌아왔다. 한동안 서로 바빠서 3개월 만에 만났다. 바빴던 이유가 삼성화재에서 CS-RC로 일하고 있기 때문이라고 했다. 얼마 전까지 나는 IT업과 융합할 수 있고, 사람 공부를 다양하게 할 수 있는 곳을 찾고 있었다. 우연히 불교선원 도반이 삼성생명을 말해 주었다. 해당 사이트에 설명회를 신청하고 기다리던 참이었다. 절묘한 타이밍이다. 그 친구와의 인연으로 나는 삼성화재에 CS-RC로 입사를 했다. 그리고 우리는 늘 붙어다녔고, 즐겁게 보내면서 일도 했다. 어느 날 M이 나에게 마음의 고민을 털어 놓았다. 일반적으로 입사하고 6개월 정도 연수교육을 마친 후에 소속 지점으로 가게 된다. 그런데 M은 같은 동기와 어떤 문제가 있었다. 중년의 남성 동기분과 소통에서 오해가 생긴 거 같았다. M은 대학 때부터 학생들 영어과외만 해서 사회활동은 이곳이 처음이다. 20년 넘게 학생들만 가르쳐 왔다고 한다. 나는 일찍부터 IT창업을 해서 대표 및 임원 관계자들과도 원만한 소통을 해왔다. 연세 있으신 분들이 오히려 말도 잘 통하고 편했다. M은 그러한 사회활동이 처음인지라 감정문제로 난감한 상황이었다. 결국 6개월 연수교육을 못 마치고 소속지점으로 가버렸다. 그 문제는 소속 지점장까지 알게 되면서 더 불거졌다. 그 남자분이 다른 회사로 옮겨가는 바람에 자동으로 해결이 되었다. 나는 친구의 상처받은 내면아이를 알아주고 보듬어 주었다. M이 나쁜 감정에서 빨리 빠져 나오도록 마음의 치유가 필요했기 때문이다. 한동안 M은 비슷한 남자의 뒷모습을 보기만 해도 놀라곤 했다. 사회적인 직업 환경이 사람의 감정에 얼마나 큰 영향을 미치는지 알게 되었다.

감정이라는 녀석은 그냥 혼자 움직이지 않는다. 서로 작용하는 대상이 반드시 있다. 누군가가 너무 좋거나 싫은 감정이 올라오면 우리는 먼저 내 안을 들여다봐야 한다. 나의 내면에도 그러한 속성을 가지고 있기 때문이다. 내 앞에 오는 환경과 인연은 그러한 나의 마음의 거울 같은 역할을 할 뿐이다.

나는 회사에서 오전 미팅을 마치면 대치동에 있는 참불선원으로 달려갔다. 참선도 하고, 마음공부도 하고, 도반이랑 차담도 나눈다. 1주일에 한 번 참석이라서 부담도 없었다. 참불선원은 늘 정갈하고 깨끗했다. 주지스님도 굉장히 유쾌하시고, 청화백자처럼 맑음이 느껴진다. 사람들은 보통 마음이 힘들고 괴로울 때 종교를 찾는다. 나의 경우에는, 그 당시 한참 108배 운동이 TV를 타면서 유행했는데, 불규칙한 식습관으로 아픈 위장을 위해 108배 운동을 시작했다. 집에서 하다가 가까운 사찰의 넓은 법당에서 하게 되었다. 그것이 인연이 되어 자연스럽게 불교에 입문했다. 어렸을 때 엄마 따라 교회를 간 기억이 있다. 하지만 나는 정서적으로 불교가 더 좋았다. 즐겁게 선원을 다니는 나를 보고 동료들은 '도반'이라고 불렀다. 불교에서 함께 공부하는 벗, '도반'이라는 말이 너무 정겹다고 했다. 삼성화재에는 멘토링 제도가 있었다. 신참인 나를 10년 넘은 선배 RC가 업무나 실전에서 이끌어 주는 제도이다. 나의 멘토는 미모가 출중했다. 그리고 그녀만의 매력이 있었다. 나보다 한 살이 어린 그녀는 나를 언니라고 불렀고, 그래서 서로 편하게 지냈다. 나에게 "보면 볼수록 은근히 볼매(볼수록 매력)"라면서 그녀만의 친밀감을 보였다. 그냥 둘이 깔깔거리면서 웃었다. 그녀는 마음이 아프다. 나는 상대를 볼 때 눈을 중요하게 보는 편이다. 친해지면서 그녀의 사연을 들을 수 있었다. 그녀의 남편은 사업차 해외에 나간 지 10년이 넘었다고 한다. 10년 전 그녀가 RC로 떼돈을 벌고 있을 때 남편이 먼저 해외로 나갔다고 한다. 남편이 자리를 잡으면 아이들을 데리고 나갈 참이었다고 한다. 그런데 사람 일이란 게 어찌 마음대로 되던가. 중학생인 두 아들을 RC 일을 하면서 혼자 힘으로 키우고 있다고 했다. 두 아이가 어렸을 때는 밤에 너무 무서워서 해외에 있는 그녀의 남편에게 울면서 전화를 했다고 한다. 그 말을 하면서 눈시울이 뜨거워지는 그녀를 보니 마음이 참 짠하다. 응원하는 마음으로 "마음이 견디기 힘들 때 들어보라."고 마음공부를 했던 자료들을 보내주었다. 그녀는 마음의 축복과 위안을 찾았다면서 고마워했다. 또한 지인과 함께 교회를 안식처로 삼으면서 지금 환경을 용감하게 헤쳐 나가겠다고 말했다. 각자의 공부자리가 있고, 공부는 인연 따라가는 것 같다. 나는 회사라는 사회학교에서 동료를 비롯한 다양한 고객들과의 만남을 통해 사람을 연구하고 공부하는 데 더 집중했다.

삼성화재에 다니면서 기본 3년은 이 안에서 사람공부를 하겠다는 생각이 컸다. 그래서 열심히 사람들을 만나면서 저마다의 인생과 사연을 들었다. 사람의 습관, 직업, 환경과 성격, 질병의 관계, 가족력 등 나는 기록하고 배워갔다. 개인사업인 IT업과 회사를 다니면서 심리상담이나 진로에 관한 공부도 병행했다. 나는 세 곳의 불교선원에서 마음공부를 했다. 심리상담 공부를 하면서 불교선원에서 이미 많은 서양의 심리도구를 배웠다는 사실을 알았다. 이 자리를 빌어 공부시켜 주신 주지스님께 깊이 감사드린다.

남들에게 잘해주고도 스스로 상처받는 사람이 있다. 따뜻하고 이타적인 성향으로, 정서적으로 마음이 여린 단점이 있기도 하다. 타인을 직접적으로 돕는 일을 좋아하지만, 특히나 이런 성향의 사람들은 반드시 주의해야 할 것이 있다. 취약계층, 장애인, 독거노인 등을 돕는 것에 성격상 상처를 받을 수 있다는 사실이다. 오히려 그러한 환경에서 감정에 쉽게 빠지기 쉽다는 것이다. 감정도 에너지파동이기 때문에 마음 안에 어두운 영향을 받을 수 있다. 그래서 사람의 성향에 따라 나쁜 감정과 일정한 거리를 두어야 하는 사람이 있다. 마음이 단단해 질 때까지 나를 갖추어야 한다. 우리 몸이 건강하려면 나쁜 균보다 좋은 균을 더 많이 키우면 된다. 나쁜 균도 역할이 있기 때문에 몸 안에 존재한다. 마찬가지로 나쁜 감정과 좋은 감정은 각자의 마음의 체질상의 진단일 뿐 본질적 처방은 아니다. 정신이 불안할 때는 에너지파동으로 끼리끼리 만난다. 나쁜 감정, 좋은 감정을 분별하기 전에 우리는 나의 마음상태부터 점검해야 한다.

03

# 화가 났던 이유는 두려움 때문이다

두려움 없는 인간의 삶이 과연 행복하기만 할까? 두려움은 인간에게 지극히 자연스러운 감정이다. 두려움은 경쟁사회에서 살아남기 위한 생존본능이기도 하다. 또한 나를 위험에서부터 보호해 주는 고마운 감정이기도 하다. 사실 현대인이 느끼는 두려움은 일어나지 않는 불안감에서 비롯되는 경우가 더 많다. 내일에 대한 걱정이나 근심이 오히려 불안감과 두려움을 더욱 키운다.

심리상담사 워크숍 때 만난 분의 이야기다. 오랫동안 명리학이나 타로로 인생 상담을 하시는 분이었다. 한참 잘나갈 때는 강남에서 유명세를 탔다고 하는 그분은 몇 년 전부터 개인 상담실을 운영하고 있다고 한다. 그리고 지금은 동양철학 박사과정을 공부 중이라고 한다. 워크숍 프로그램 중 서로의 고민을 상담해 주는 시간이 있었다. 그분은 유학 간 딸에 대한 불만이 가득했다. 유학 간 딸은 힘들고 외로운 유학생활에 적응하지 못해 매번 한국에 들어온다고 한다. 그리고 그분은 지금은 강남에서 잘 나갔던 옛날만큼 상담도 많지 않다고 한다. 그런데 딸은 자꾸 한국에 들어오고 싶다는 투정만 부린단다. "내가 딸 유학 뒷바라지를 위해 얼마를 투자했는데 그걸 못 버티고 오냐고!" 하시면서 화난 마음이 가득했다. 그리고 얼마 전에는 상담실 운영이 어려워서 취객을 상담해 줬다고 한다. 취객은 절대 상담을 하지 않는데, 그날은 친구 사이인 취객 여러 명이 몰려와 상담을 요청해서 욕심에 해줬다고 한다.

그런데 상담을 해준 한 취객한테 험한 소리를 듣고는 후회하면서 자신을 책망했다고 한다. 어머니와 자식은 에너지가 연결되어 있다. 남편이나 자식에게로 감정에너지가 전이될 수도 있다. 그래서 세상의 어머니들이 제일 행복해야 한다. 그분이 화가 난 이유는 금전적인 어려움이 닥쳐올 미래에 대한 두려움 때문이다. 또한 딸에 대한 투자가 보상과 성과로 이어지지 않는 불만이 분노로 더 증폭되었다. 그러한 마음을 내 안에 품고 있으니 온전한 고객이 오겠는가. 또한 마음의 연결이 딸의 마음을 불안증과 두려움으로 힘들게 했을 것이다. 명리학을 방편으로 사람의 운명이나 인생 상담을 하는 분이면 기운이 강한 분이라고 할 수 있다. 나의 말 한마디가 그 사람의 인생을 송두리째 바꿀 수도 있기 때문이다. 타인의 인생에 영향을 주는 사람은 특별한 사람공부가 필요하다. 그 인연 안에서 더 큰 나의 공부가 있는 것이다. 사람은 자기가 공부된 만큼 세상을 바라보고 인식한다. 타지에서 공부나 사회생활을 하다 힘이 들면 우리는 어머니나 고향을 찾는다. 그 안에서 마음의 편안함과 안정을 찾고 다시 힘을 얻는다. 어머니라는 존재는 본성의 근원이고, 따뜻한 자궁의 안식처 같은 존재이다.

우리가 음식으로 병이 생기면 치유법도 음식 속에 있다. 사람으로 마음의 상처를 받았다면 진짜 치유약은 사람의 에너지에 있다. 하지만 사람을 바르게 대하는 법을 모르니 헤맨다. 결국 자기만의 세상 안에서 문을 닫고 나오지 않는다. 두려움을 느낀다는 것은 당신이 살아 있는 존재로서 자연스러운 것이다.

비즈니스 코치인 손현정 박사의 책 《행복은 과학이다》에서 두려움을 대하는 방법을 설명했다. 다음은 일부 내용이다.

 전문가들은 화를 삭이는 가장 효과적인 방법은 '나가서 혼자 있는 것'이라고 말한다. 예를 들어 공원 산책, 육체적 운동, 깊은 심호흡 등을 권한다. 그러나 쇼핑이나 음식을 먹는 것은 별로 도움이 되지 않는다고 한다. 왜냐하면 쇼핑을 하거나 음식을 먹는 동안 여전히 화난 생각을 하게 되기 때문이다. 무엇보다도 '현 상태를 다시 긍정적으로 보는 능력을 기르는 것'이 문제를 해결하는 가장 좋은 방법이라고 심리학자들은 조언한다. 감정에는 단계가 있다. 맨바닥은 두려움과 우울감이다. 에너지가 가장 높은 감정은 기쁨, 사랑, 감사이다.

나는 오래전부터 일기를 써왔다. 지금은 그날의 핵심만 간단히 3줄 일기로 작성한다. 좀 더 복잡한 생각정리는 블로그에서 정리하고 정화한다. 씽크와이즈로 도표화해서 정리해 두는 것도 있다. 생각정리를 하다 보면 자연스럽게 풀리는 경우가 많다. 나 같은 경우는 논리적으로 이해가 되면 금방 에너지가 회복된다. 그래서 나의 근기에 맞는 마음공부와 강의를 들으면 기분이 참 좋아진다. 두려움의 근본적인 이유는 불안이나 걱정에서 오는 경우가 많다. 근원을 찾아 들어가면 결국 나에 대한 자아본능이 강해서다. 나에 대한 현재의 감정 이해가 필요하다. 왜냐하면 주변 사람과의 감정과도 연결되어 영향을 서로 주고받기 때문이다. 세상은 서로 연결되어 있다. 내가 보이고, 들리고, 느끼는 모든 것은 나와 공명되기 때문이다.

《먹고 기도하고 사랑하라》로 전 세계 독자들을 열광시킨 엘리자베스 길버트의 신작 《빅매직》의 내용이다. 엘리자베스 길버트는 고민의 과정을 통해 누구나 '창조성'이라는 보석을 내면 깊숙이 지니고 있다고 했다. 그러면서 이것을 발굴하고 캐내는 건 재능의 문제가 아니라 한 걸음 앞으로 내딛을 수 있는 '용기'의 문제라는 것을 깨달았다고 한다. '창조성'이 인간의 가장 중요한 본능이라고 했다. 그 전제 하에 그것을 만족시키고, 더 나아가 참된 인생을 살아가는 데 필요한 자세라고 했다. 그는 보통의 일상에 충실하게 임하는 것, 실패의 두려움에 휘둘리지 않고 하루하루의 삶을 온전히 살아내는 것 등이 자기만의 '창조성'을 드러내는 가장 명쾌하고도 중요한 방법일지도 모른다고 말한다.

순하다고 생각했던 사람이 한 번 화를 내면 분노가 폭발하는 경우가 많다. 참고 참다가 임계점을 넘어 한꺼번에 터진 것이다. '화'는 한순간에 모든 것을 태워버린다. 주변 사람들은 이 사람이 착하다고 생각하고 있었다. 하지만 알고 보니 속으로 꾹꾹 눌러 참아왔던 것이다. 우리는 사회에서 다양한 사람들을 겪으면서 살고 있다. 생활 속에서 한 번 화를 내거나 분노하면 순식간에 공들였던 것이 무너진 기분이 든다. 도로아미타불인 것이다. 당신이 진정으로 두려움에서 자유로워지기를 원한다면 그 두려움을 있는 그대로 받아들이는 마음이 필요하다. 그러면 그 안의 진짜 내 마음이 속살처럼 드러난다. 그 어린아이 같은 감정을 우리는 따뜻하게 포용해서 진정한 나의 삶으로 함께 이끌고 가야 한다. 그것이 바로 두려움의 진정한 가치가 된다.

불안이나 두려운 감정은 생존 신호등이다. 즉, 인간이 행복하기 위해 자연이 부여해 준 선물과도 같은 것이다. 행복한 사람은 이 쾌감 신호를 자주 느낀다. 훈련의 반복과 노력으로 두려움을 넘어가면 또 다른 선물을 가질 수 있다. 두려움은 긍정적이고 흥미 있는 자기계발의 기회로 활용할 수도 있다. 인생을 저항하는 모든 것은 사실 나의 큰 기회이기도 하다. 우리 마음이 세상에 그대로 투영되기 때문이다.

04

# 나는 왜 이렇게 예민할까?

"내 딸이지만 참 까다로워…."

　　30 중반을 넘어서도 결혼을 안 하고 있는 나에게 어느 날 엄마가 말씀하셨다. 정확한 상황은 기억이 나지 않지만, 그때까지 결혼 안 한 나는 까다로운 딸이 되어 있었다. 흔히 예민한 사람은 까칠한 사람들이 많다. 예민한 사람들은 소화기 질환이 많다고 한다. 위는 기분에 따라 소화나 소화불량이 예민하게 나타난다고 한다. 반면 예민한 사람은 감성이 풍부하고 다른 사람의 감정에 공감할 줄 안다. 슬픈 걸 보면 잘 울고, 무서운 건 잘 못 본다. 나만의 예민함을 강점으로 승화시키는 방법을 찾았다.

한 보도 매체에 나온 자료이다. 한동안 의사들을 괴롭혔던 것은 소위 말하는 '의료 쇼핑족' 들이다. 매스컴에서 무분별하게 쏟아내는 정보를 사전에 숙지하고, 이를 정설인 양 전문가인 의사를 가르치듯이 또는 시험하듯이 질문하고, 알고 있는 것과 다르면 다른 병원으로 옮겨가는 식이다. 다행스럽게 이런 의료쇼핑족의 활동은 둔해졌지만, 거꾸로 건강에 너무나도 예민한 '건강염려증' 환자들이 의사들을 피곤하게 하고 있다. 한 종양내과 전문의는 "환자를 상담하다 보면 자신의 진료기록부를 체계적으로 정리한 바인더를 들고 오는 환자가 종종 오는데, 상당히 긴장한다."라면서 "의사 입장에서 큰 의미 없는 검사 데이터 하나에도 예민하게 반응하고, 수치가 조금만 변해도 막무가내로 설명을 해달라고 해서 난감한 때도 있다."라고 말했다. 건강에 너무 무관심한 것도 문제지만, 너무 예민한 것도 건강을 유지하는 데 바람직하지 않다. 건강에 예민한 것도 스트레스를 유발하는 원인이 되기 때문이다.

장석원 전문의(내과/한국헬시에이징학회)는 "오히려 이 스트레스로 인해 진짜 병이 발생할 수 있다. 이런 염려증을 가지고 있는 사람들은 대개 집단생활을 하는 사람들에서 많이 볼 수 있는데, 옆에서 누가 무슨 이야기만 하면 그것이 다 자신에게 해당되는 것으로 생각하고, 평소에 없던 증상이 생기면 극단적인 병의 증상으로 여기고 불안증에 빠진다."고 설명했다.

문제는 이런 불안증은 계속 반복된다는 것. 장 전문의는 "건강에 대한 관심은 너무 소홀하지도 않고 과하지도 않아야 한다."면서 "매스컴 등에 소개되는 증상의 소견은 대부분의 일반적 증상이며, 개개인마다 적용하는 데는 분명한 차이가 있다."면서 "특히 암과 같은 질병은 하루아침에 발병되는 것이 아닌 만큼 일정한 간격을 두고 정기검진 등을 한다면 큰 걱정할 필요가 없고, 오히려 금주와 금연, 운동 등 올바른 생활습관 유지가 건강 염려보다 더 큰 건강에 이점이 있다."고 강조했다.

여성의 사회활동이 늘어나고, 초혼연령이 갈수록 높아지고 있다. 그러면서 임신과 출산시기도 함께 늦춰지는 추세이다. 40대를 넘어 고령 임신준비를 하는 노산이 증가하고 있다. 난임으로 인한 심리적으로 불안을 겪는 부부가 늘어나고 있다. 나는 40을 넘은 늦은 나이에 결혼을 했다. 1년 정도 자연임신을 기다리다 나이 때문에 일반 산부인과에서 난임 전문병원으로 옮겼다. 나는 결혼 전부터 불교선원에서 마음공부를 했다. 어쩌다가 화를 낼 때는 마음이 맑아진 만큼 더 강하게 마음의 통증이 전해졌다. '화를 조심하라!' 는 말이 온몸으로 느껴졌다. 자연임신을 준비했을 때는 마음을 다스리면서 조심했다. 마음수련으로 알아차림도 잘되고 마음은 많이 맑아졌다. 그러나 참선명상은 나에게는 크게 느낌이 없었다. 나는 임신도 집중과 전략이 필요하다고 생각했다. 모든 사회활동을 일절 중단했다. 그리고 2세 계획을 최우선 순위로 두었다. 처음에는 일반 산부인과를 다녔다. 나보다 한 살이나 더 많은 나의 친구는 자연임신으로 두 아이를 낳았다. 친구는 그 비법들을 나에게 그대로 전수해 줬다. 친구 소개로 대전에서 유명하다는 한의원에서 약도 지어 먹었다. 그리고 남편을 소개해 주신 언니 지인 분께서 정성껏 달여서 보내주신 보약도 감사히 잘 먹었다. 임신에 마음이 지쳐갈 때 우리나라 최고의 의료진으로 공신력 있는 난임 전문 C병원으로 갔다. 해마다 증가하는 난임 환자, 나에게 맞는 병원과 의사선택 기준이 참 모호하고 어렵다. 체외수정 시술의 성공여부는 의사의 경험과 배양 기술력에 따라 달라진다고 한다.

나는 난임 전문 C병원을 다니면서, 이제 인간과학의 힘을 빌어 그냥 믿고 맡기면 힘든 여정은 다 끝나는 줄 알았다. 그리고 병원에서 연결해 준 의사선생님과 난임 시술을 진행하기로 했다. 이미 1년 가까이 일반 산부인과를 다닐 때부터 담당의는 한결같이 내 나이를 언급하면서 난임 전문병원을 추천했었다. 나이 말고는 너무나 건강한 나는 자연임신이 내일이라도 될 것만 같았다. 일반 산부인과에서 난임 전문병원으로 옮기는 것이 결정하기 쉽지 않다. 정신적인 스트레스 또한 큰 부담으로 작용한다. '의료쇼핑족' 정도는 아니지만, 나는 정보를 한 번 수집하면 비교분석까지 하려는 경향이 많다. 오랫동안 IT업과 주식을 병행했던 직업성격 영향이다. 그래서 오히려 '모르는 게 약이다' 라는 마음으로, 그저 담당 의사한테 맡긴다는 마음으로 병원을 갔었다. 한 달 넘게 병원을 꾸준히 다녔다. 갈 때마다 채혈하고, 온몸에 멍투성이를 겪으면서 마음이 너무 힘들었다. 그러나 감당해야 할 당연한 수순으로 여겼다. 일찍 결혼을 했으면 좀 더 마음의 여유가 있었을 텐데, '얻은 것이 있으면 잃은 게 있다' 고 감당해야 할 어쩔 수 없는 과정 같았다. 시술하는 날 모든 준비를 하고 새벽같이 병원으로 갔다. 떨리고, 두렵고, 정신이 하나도 없었다. 어렸을 때 감기약을 먹고는 목구멍에 약이 걸려서 쓴맛을 겪은 경험이 있다. 어쨌든 나는 약이나 병원은 쉽게 적응을 못했다. 난임 시술을 하기 위해서는 모든 환경이나 조건이 맞아야 하는데, 그날 남편과 나는 시술을 못 받고 집으로 왔다. 수정만 되면 다 되는 줄 알았는데…. 가슴에 커다란 구멍이 생긴 것처럼 공허감마저 들었다. 남편한테는 의연한 척했지만, 마음은 좌절감에 견디기가 힘들었다.

결혼연령기가 높아지는 추세에 비추어 보면, 앞으로도 난임을 겪는 부부가 증가할 전망이다. 명의를 찾는다고 해서 난임 시술이 100% 성공하는 건 아니다. 의사의 실력 외에도 환자상태나 인체적 특성, 배양 기술 등에 의해 임신 성패가 좌우될 수도 있기 때문이다. 난임은 이제 의사만의 문제가 아니다. 인간과학 분야로 사람을 연구하는 마음이 우선이어야 한다. 사회적인 환경이고, 사람을 연구할 필요가 있다.

사람들은 상황에 따라 예민할 때도 있고, 무던할 때도 있다. 어떤 환경적인 상황이나 바라보는 관점에 따라 다를 뿐이다. 그래서 인생은 정답이 없다. 나는 직감력이 좋은 편이다. 마음수련을 통해 더 감도 좋아진 거 같다. 그래서 편할 때도 있지만, 불편할 때도 있다. 마음수련을 할 때 '알아도 몰라라' 라는 말을 듣게 된다. 그 깊이를 헤아려 보니 나의 각을 내리고 무심하게 마음을 받아들이라는 의미로 이해했다. 공부 화두를 잡고 세상을 받아들이는 마음을 내다보면 자연스럽게 이치를 알게 된다.

간혹 예민하고 감이 빠른 사람이 실수를 하기도 한다. 예민함은 자극에 대한 뇌의 처리능력이 높기 때문이라는 말이 있다. 생각의 각도만 바꿔도 느낌이 확 달라진다고 한다. 그 상황에 무엇이 필요한지 바로 간파가 가능하다. 그러니 센스도 좋고 긍정적인 능력을 가진 사람이다. 세상에는 예민함을 필요로 하는 곳이 많다. 좋은 재능을 환경이나 상황에 맞게 필요한 사람한테 잘 쓰면 된다. 그러기 위해서는 세상을 바르게 보는 갖춤이 선행되어야 한다.

05

# 예민한 것이 아니라 섬세한 것이다

일본의 심리상담가로 《고민도 버릇이다》를 펴낸 스기타 다카시는 사소한 일로 끙끙 앓는다거나 불완전함에 대한 강박으로 늘 불안하다면 "당신이 올바르게 고민하고 있는지를 돌이켜 볼 필요가 있다."고 강조한다. 안 그래도 걱정할 게 많은 세상이다. 소모적인 고민만이라도 줄여나갈 방법은 없을까.

남보다 유독 더 민감한 사람들인 'HSP'(Highly Sensitive Person)를 연구해 온 미국 심리학자 일레인 아론은 "예민한 이들에게는 대체로 '숫기가 없다', '소심하다', '신경질적이다' 라는 부정적 꼬리표가 따른다."라고 말했다. 그러나 "누구에게나 이런 민감성은 있고, 20%의 사람은 선천적으로 남보다 민감하게 태어난다."며 "잘만 활용한다면 이 민감성은 단점이라기보다 장점"이라고 말했다. 피카소, 헤밍웨이 등도 남보다 특히 더 예민한 성격의 소유자였다. 하지만 이런 자신의 기질을 제대로 이해하지 못하거나, 불필요할 정도로 자주 수치심에 시달릴 경우 자존감의 문제로도 이어진다. 스트레스를 늘 적정 수준으로 유지시키는 일이 절실하다는 얘기다.

나는 가끔씩 작은아버지랑 만나서 식사도 하고 말동무도 해드렸다. 작은아버지는 그때마다 빠지지 않고 우리 부모님 이야기를 종종 하신다. 우리 부모님이 결혼하실 때의 이야기를 하시면 늘 기분이 좋으신가 보다. 풍족한 외가에 비해 선비집안인 친가는 그다지 형편이 좋지 않았다고 한다. 풍족한 친정을 둔 우리 엄마 덕분에 어린 작은 아버지는 종종 우리랑 함께 맛있는 걸 자주 드셨단다. 막내였던 우리 엄마를 시집보내고 걱정이 되셨는지 외할머니는 우리 집에 자주 오셨다. 나의 어렸을 적 기억에는 고우시지만 어려운 친할머니보다 따뜻하고 늘 챙겨주시는 외할머니가 더 좋았다. 외할머니는 우리 집에 자주 오셨고, 엄마도 외가에 자주 가셨다. 외할머니가 돌아가시고 외숙모만 외가에 계셨을 때도 외가에 자주 가셨다. 어떤 경우에는 어린 동생과 나를 할머니한테 맡긴 후 언니와 오빠만 데리고 외가에 가시기도 했다. 공무원이셨던 아버지는 자주 친정에 가시는 엄마를 마음으로 이해하셨을까? 그리고 우리 엄마는 왜 그렇게 자주 친정에 가셨을까? 내가 중학교 때 갑자기 아버지가 돌아가셨다. 가족 모두가 하늘이 무너질 만큼 충격이 컸다. 엄마는 1년 동안 몸져누우셨다. 내 기억에 자주 외가를 찾아 가셨던 엄마지만, 아버지의 빈자리는 엄청 크셨다. 엄마가 마음 회복이 될 때까지 대학생이었던 언니가 어린 동생들을 챙겼다. 그리고 1년 후 우리는 고향인 순창에서 전주로 이사를 했다. 그리고 엄마는 아내로서의 삶을 이제 내려놓고 엄마로서의 삶을 살기로 하신 듯 강해지셨다. 풍요롭게 걱정 없이 살다가 빠듯한 시댁에 적응하기 힘들었으리라. 지극한 차남 스타일의 아버지가 엄마에게 따뜻한 마음의 위로 한마디라도 하셨을까?…. 아버지 또한 엄마의 따뜻한 이해와 격려가 필요하지 않았을까?…. 작은아버지는 가끔 이렇게 말씀하신다. "배 여사는 걱정을 사서 한다. 그냥 탁 놓으면 알아서 할 건데…" 작은아버지 말씀대로 우리 엄마는 자식에 대해 늘 노파심이 많으셨다. 난 엄마의 마음을 이해한다. 아버지 몫까지 책임을 다 하시느라 그 무게감을 견디면서 사셨다. 이제는 여생을 건강하고 마음 편안하게 보내고 계시다.

우리 집 딸들의 결혼 에피소드다. 우리 엄마는 은근히 까다롭다. 사실 나보다 더 까다로우시다. 형부는 고향 순창에서 살 때 동네 오빠다. 형부는 언니가 첫사랑이다. 우리 집이 전주로 이

사 올 때 형부가 가끔씩 전화를 했었다. 엄마는 언니를 바꿔주지 않았다. "남자가 여자 집에 왜 전화를 하느냐?"고 하셨다. 부모 입장에서 고학생인 형부보다는 좀 더 여유로운 사람한테 언니를 결혼시키고 싶은 마음이 컸을 것이다. 하지만 지금은 그 누구보다도 믿음직하고 든든한 맏사위로 여기신다. 나랑 두 살 터울인 동생이 언니 집에서 같이 살다가 시집을 갔다. 형부는 우리에게 정말 특별한 존재이다. 여동생이 데리고 온 제부는 까다로운 엄마의 사위시험에 무사히 통과했다. 막내도 퇴짜를 맞을 뻔 했는데, 이쁜 조카가 생긴 덕분에 그냥 통과되었다. 나는 40 초반을 넘어 결혼을 했다. 나는 엄마 마음이 "제발 가기만 해다오"라고… 그렇게 생각했다. 그런데 엄마가 한 말씀에 한바탕 웃음이 터졌다. 남편의 뒷목에 어렸을 때 풀독이 남긴 흉터가 조금 남아 있다. 그런데 엄마가 그걸 발견하시고 물어보신다. 나도 발견 못한 것을 엄마는 아주 디테일하게 섬세하게 보셨다. 엄마는 아버지의 큰 빈자리까지 열심히 부모 몫을 하시면서 고생도 많이 하셨다. 그래서 작은아버지가 "배 여사님은 걱정을 사서 한다."는 말씀에 공감할 수 없다. 엄마의 역할을 위해 열심히 사시면서 주어진 환경에 최선을 다하셨을 뿐. 자식을 위해 사랑을 아낌없이 퍼 주신 것이다.

예민한 사람은 이변이나 이상함을 제일 먼저 감지한다고 한다.

《실낙원》의 저자로 잘 알려진 일본의 의사 출신 작가 와타나베 준이치는 2007년 이런 이들에게 필요한 기질을 '둔감력'으로 정의했다. 그는 한 동료 문인을 거론하며, 유능했지만, 지나치게 예민한 성격으로 상처받기 일쑤라 중앙 문단에서 결국 사라져버린 그를 생각하면 "둔감력이라는 어휘에 생각이 미친다."고 했다. 무신경하고 무례한 사람이 되라는 게 아니다. 대응하기 어려운 상대방의 온갖 버릇과 태도 따위는 "아무래도 좋다."고 생각하는 힘을 기르자는 취지다.

심리학자 일레인 아론 박사는 이렇게 말했다. '민감한 사람들은 더 많은 것을 빨리 알아챈다. 심사숙고하는 만큼 직관적이고, 영리하고, 배려할 줄 안다. 양심적인 경향이 강할 수 있지만, 완벽한 사람이 되기 위해 전력으로 달리다 문득 희망을 잃기도 한다. 늘 더 고민하는 사람은 더 안전해질 수 있고, 더 발전할 테고, 더 친절할 수 있다. 하지만 그럴 에너지가 내게 충분한지 가끔 돌아봐야 할 이유다. 다른 사람보다 생각이 많고, 다른 사람의 감정을 고민하며 조용한 곳이 좋다면 섬세한 사람일지 모른다' 라는 연구결과를 발표했다. 일레인 박사는 섬세한 사람들은 순간 남의 감정을 읽어낼 수 있으며, 직관적으로 공감하는 능력이 뛰어나다고 설명했다. 그러면서 이러한 사람들은 전체인구의 약 20%를 차지한다고 밝혔다.

센스티브(Sensitive)에는 '섬세한, 주의 깊은, 배려심 깊은' 이란 뜻도 있다. 예민함은 상황에 따라 좋은 의미도 함께 있다. 섬세한 사람들은 주변으로부터 상처받기 쉽다. 이런 성격은 주변 평가에 지나치게 신경 쓰지 말자. 어떤 환경에서는 예의 바르고 환영받는 사람이다. 자신감을 가지고 나만의 강점으로 받아들이자. 그 어느 누구도 나를 채워줄 수 없다. 다른 사람과 건강한 관계를 맺기 위해 좋지 않은 관계를 끊어내는 것도 중요하다.

# 06

# 진짜 감정과 가짜 감정

감정은 일시적이고 쉽게 사라지기도 한다. 하지만 상처로 묶이면 참 오래 간다. 지금의 나의 감정표정은 어떤 모습일까? 나의 감정 변천사도 내 인생 곡선의 큰 이벤트를 따라다닌다. 폭풍 같은 롤러코스터를 타고 가다가 어느 순간부터 바람에 상관없이 살아가고 있다. 지금은 윈드서핑하듯 즐기는 마음의 여유와 단단함이 생겼다.

나는 꽤 오랫동안 불교의 마음공부에 심취되어 있었다. 한참 예민한 시절인 사춘기 때 아버지가 돌아가셔서 마음의 충격과 슬픔이 컸다. 거기에다 순창에서 전주로 이사를 하면서 향수병까지 왔다. 명절 때 시골을 갔다가 전주로 오면 한참만에야 향수병이 잠잠해졌다. 그때는 눈앞에 고입 연합고사가 있어서 일단 공부에 집중을 했다. 문득문득 아버지에 대한 그리움이 커지면 일기에 마음정리를 하면서 아픈 감정을 달랬다. 40이 훌쩍 넘은 나이에 우연히 아픈 사춘기 시절에 쓴 일기장을 보았다. 온통 나의 슬픈 마음을 강제적으로 억누르고 있었다. 거기에다 성공에 대한 이야기를 많이 적어 놨다. 몇 년 전 미니멀 라이프가 핫 이슈일 때 나의 일기장도 정리를 했다. 그 긴 시간 동안 보물처럼 간직하다가 막상 정리하고 나니 오히려 홀가분했다. 나의 아픈 사춘기 마음의 기록물인데 큰 미련이 없었다. 오래 묵힌 마음공간이 맑게 정화된 기분이었다. 그동안의 마음 공부와 서양 심리학을 공부하면서 마음의 근육도 단단해진 덕분이리라.

나는 나의 감정을 웬만해서는 잘 드러내지 않았다. 사춘기 때는 나에게 아버지가 안 계신 것을 친구들은 몰랐다. 친구들도 묻지 않았지만, 내가 상처가 깊었기 때문에 일부러 말할 필요도 없었다. 중학교 2학년 때 전주로 이사를 했다. 친구들과는 활달하게 잘 어울리는 편이었다. 성적도 상위권이었기 때문에 사투리를 좀 써도 친구들과의 소통에는 아무런 걸림이 없었다. 혼자만의 시간을 보낼 때 나는 사색을 좀 많이 한 거 같다. 고등학교 때 절친한테 처음으로 아버지에 대해 말한 거 같다. 그때 절친은 지금도 잘 지내고 있다. 정말 편하고 마음 따뜻한 친구다.

나의 첫 직장생활이 시작되었다. 1차 전산실로 지원했으나 정식 발령은 비서실이었다. 비서 채용이 될 때까지 전산 업무와 겸직이었으나, 전산실은 아웃소싱 업체가 잘 관리하고 있어서 신경 쓸 것은 없었다. 자수성가형 사장님의 비서업무가 조금 무거웠지만, 덕분에 나는 그 이후 사회생활이 너무 수월했다. "자리가 사람을 만들어 간다."라는 말처럼 나는 늘 역할에 충실하면서 공부했다. 그리고 리더의 사회적 위치와 의무에 대한 책임을 간접 경험했다. '왕관을 쓰려는 자 그 무게를 견뎌라!'

오랫동안 불교의 마음공부를 하면서 내 안을 보는 공부도 시작하였다. 그래서 또 나를 드러내는 것보다는 내 안을 들여다보는 공부를 하였다. 불교 선원을 몇 군데 이동하면서 공부를 했다. 자연스럽게 공부 인연이 되는 것도 참 신기했다. 그리고 저마다 가르치는 게 달랐다. 첫 번째 선원에서는 K대 경제학과 출신인 주지스님께서 성공학과 경제학에 불교를 융합해서 가르치셨다. 성공학은 자기계발로 내가 좋아하는 분야였다. 경제학은 불교에 입문하기 전 7년 가까이 주식을 했기 때문에 즐거웠다. 불교가 이렇게 과학적이고 재미있는 학문인지 정말 몰랐었다. 두 번째 불교선원에서는 심리학과 사회생활에 필요한 여러 가지 지식들을 불교와 융합해서 가르치셨다. 1주일에 4일을 다녀도 전혀 지루하지 않았다. 신도들 60% 이상이 젊다 보니 연령층에 맞추신 거 같다. 추후 심리상담을 공부하기 위해 여러 가지 심리도구를 배우는 과정에서 이곳 선원에서 미리 다 배운 것을 알고 너무 감사했다. 이 자리를 빌어 다시 한 번 감사드린다. 세 번째 불교선원은 참선이다. 일이 바빠서 참선은 깊이 있게 공부하지 않았지만, 기회가 되면 나의 근기에 도움받을 정도만 경험하고 싶다. 이렇게 직업적이고 사회적인 환경의 이유도 있었지만, 나는 보편적으로 나의 속감정을 온전히 드러내는 것이 드물었다. 그나마 일기장이 거침없이 나의 감정을 드러내는 좋은 정화 공간이었다.

소개로 만난 Y씨는 중학생인 자녀의 진로상담을 받으러 왔다. 다중지능 검사를 통해 강점지능과 보완해야 할 부분을 점검해 주었다. 음악에 특히 소질이 많은 아이는 재능은 뛰어나지만 교우관계에서 엄마의 걱정이 많았다. 그래서 시립합창단 같은 음악활동을 통해 좋아하는 음악을 하면서 자연스럽게 교우관계도 개선하도록 안내해 줬다. 그리고 아이의 교우관계를 못마땅하게 생각하는 엄마 Y씨의 어린 시절로 이야기를 나눴다. Y씨는 딸 정도 나이에 친구들과 어울리는 것이 유독 어려웠다고 한다. 늘 마음속으로는 친구들과 함께 놀고 싶었는데, 선뜻 용기가 나지 않았다고 한다. 어렸을 때는 정말 내성적이고 소심해서 밖으로 잘 나가지도 않았다고 한다. 그때의 상처받은 어린 마음이 오래 남아 있는 거 같다고 한다. 그런 딸을 보면 자기의 어렸을 때 모습이 그대로 투영되어 지켜보는 게 많이 힘들다고 한다. 그래서 자기도 모르게 딸을 다그치고 혼내게 된다고 한다. 어린 자기의 상처를 보상받고 싶은 감정이 올라오면서 딸의 마음을 강요하게 된다고 한다. 내가 나의 싫은 모습을 밀어내려 하니 저항하는 마음이 더 크게 올라온다. 나는 EFT로 Y씨의 마음속에 성장을 멈춘 내면아이를 들여다보도록 이끌어 주었다. Y씨는 자기 스스로 '욱' 하는 감정이 수시로 올라온다고 한다. 이야기를 들어보니 가정적인 상처가 많았다. 그러한 갈등들이 연결이 되고 마음이 내분을 일으키면서 복잡하고 시끄럽게 작용을 했다. 마음이 너무 힘들어서 교회라도 열심히 다닌다고 한다. 교회를 다니면서 상담을 한 교회집사님이 모든 아픈 것은 다 잊어버리고 기도만 열심히 하라고 했다고 한다. 상처받은 깊은 슬픔의 깊이까지 못 보니 마음속에 분노가 일어나는 것이다. 마음이 묶여 있고 그 속에 빠져 있어서 스스로 풀지 못하고 있는 것이다. 그것을 인지하고 스스로 자기 마음의 속도로 깨우치게 해야 한다. 나는 마음의 원리에 관한 책과 EFT 방법을 알려주었다. 요즘은 꾸준한 마음소통으로 마음이 평온해지고 일에 바쁘게 산다고 한다.

분노하는 감정의 이면에는 내 마음을 알아달라는 슬픈 감정이 내재되어 있다. 강하게 표현되는 분노는 사실은 가짜 감정이다. 분노하는 감정의 진실은 강한 슬픈 마음이었다. 이것이 분노로 표출되었던 것이다. 즉, 마음에 박혀 있는 강한 슬픔이 외부로 표현될 때에는 강한 분노로 변형되었던 것이다. 분노는 껍데기일 뿐, 그 속 안에 있는 분노의 감정은 강한 슬픔이었다. 너무나 큰 고통, 아픔, 이별에 대한 슬픔이 정화를 하게 될 때 우리의 마음은 평화를 경험하게 된다.

진짜 감정은 실패를 두려워하지 않고 좌절하지 않는다. 방법이 없으면 길을 만들어 간다. 열정의 마음으로 냉철하게 행동한다. 남 탓하지 않고 결과를 기꺼이 받아들이면서 책임을 다한다. 가짜 감정은 기회만 엿보고 남이 해주기만 바란다. 눈앞의 현실만 보면서 길이 없으면 원망하고 좌절한다. 나는 한때 나의 감정들을 잘 드러내지 않아서 사회구성원과 원만하게 지낼 수 있었다. 만족할 만한 결과를 낼 때도 많았다. 하지만 이것은 진정한 행복이 아님을 깨닫게 되었다. 내 속마음에 대해 가짜 감정, 진짜 감정을 분별하는 건 의미가 없다. 왜냐하면 모든 감정은 나의 것이기 때문이다. 다 품어 넘어갈 때 맑고 투명한 진짜 감정이 드러난다.

07

# 남들의 말 한마디가
# 너무나 신경 쓰인다

사람은 누구나 타인에게 인정받고 싶은 욕구가 있다. 심리학자 아들러에 의하면, "우리가 하는 행동의 원인은 열등감 극복에 있다."고 한다. 이런 열등감 극복, 우월감의 추구는 인간의 기본적인 욕구로 다루는 사회심리학자가 많다. 타인에게 인정을 받으려는 욕구는 모든 사람들에게 똑같이 있다. 인정받으려고 지나친 애를 쓰다 보면 남들이 나를 어떻게 생각하는지가 신경이 쓰일 때가 많다.

스탠퍼드 대학의 캐럴 드웩 교수와 컬럼비아 대학 연구팀이 뉴욕시의 5학년 학생 400명을 대상으로 칭찬의 효과를 연구했다. 연구팀은 먼저 두 집단을 선정했는데, 각 집단에 간단한 지능검사를 했다. 그런데 첫 번째 A 집단에 '지능'을 칭찬하는 개입을 했다. 예를 들어서 "너 머리 정말 좋구나!"라고 이야기하고, 두 번째 B 집단에는 '노력'에 대해 칭찬을 했다. 그러니까 "앞으로 더 노력하고, 앞으로 더 나아질 거야."라고. 이런 다음에 어떻게 했느냐면, 비슷한 수준의 문제를 양 집단에 준 후 "이 문제가 어려워, 한번 풀어볼래?"라고 했다. 실험 결과가 어땠을까? 처음에는 선천적 칭찬 같고, 뒤는 후천적 칭찬 같은데, 결과가 조금 다르긴 하겠지만, 비슷하게 칭찬받은 거니까 비슷하게 나오지 않았을까? 만약 칭찬의 순기능만 있다면 결과가 그렇게 나오는 게 맞겠지만 결과가 재밌다. 결과가 어떻게 나왔느냐면, 첫 번째 A 집단은 지능을 칭찬한 집단인데, 이 집단은 좌절했다. 그런데 B 집단의 아이들은 '해볼 만한데?'라고 생각했다. 그래서 실제 노력을 칭찬했던 B 집단의 경우, 평균 성적이 30% 이상이나 증진된 데에 반해서 지능을 칭찬했던 A 집단은 평균 성적이 20%나 감소했다고 한다. 이걸 보면 지적 능력이나 결과에 대해 칭찬하는 것보다 노력하는 과정에 대해 칭찬하는 것이 더 효과가 있다는 걸 알 수 있다. 같은 칭찬인 것 같지만, 서로 다른 결과를 가져오는 걸 보니 칭찬도 조심해서 해야겠다는 생각이 든다.

나는 어렸을 때 고민에 빠진 적이 있다. 공부도 꽤 잘하는 편이었다. 운동신경도 좋고, 그림솜씨도 좋았다. 다방면에서 우수해서 어린 나는 행복한 착각 속에 빠졌다. "나는 정말 잘하는 게 너무 많다. 뭘 선택해야 할지 모르겠어…." 하지만 아버지가 돌아가시고 모든 상황이 완전 바뀌었다. 늘 칭찬을 해주시던 아버지의 빈자리가 점점 커져만 갔다. 한참 예민한 사춘기 시절에 온 가족이 순창에서 전주로 이사를 했다. 엄마는 전주로 이사를 한 후 작은 슈퍼를 운영하셨다. 나와 동생의 교육에 신경 쓰시느라 늘 마음의 여유가 없으셨다. 모든 부모님들이 희생으로 자식을 키우시지만, 아버지의 빈자리까지 채우시려 우리 엄마의 자식사랑은 하늘보다 더 높았었다. 늦은 나의 결혼과 함께 오남매 모두 행복한 결혼생활을 하고 있다. 모든 게 자식에 대한 사랑이 크신 엄마 덕분이다. 엄마의 즐겁고 행복한 노년을 위해 우리 오남매는 정성을 다해 잘 모실 것이다.

우리가 자주 쓰는 표현 중에 "칭찬은 고래도 춤추게 한다."라는 말이 있다. 칭찬할 때 주로 엄지손가락을 치켜세운다. 특히 진정성과 마음이 담겨있는 칭찬은 사람의 기분을 좋게 한다. 하지만 칭찬해 주면서 자기의 목적을 달성하는 수단의 말투는 왠지 개운치 않다. 진정성이 없거나 영혼 없는 칭찬은 왠지 상대방의 반감만 불러일으킨다. 상대방이 자신이 바라는 대로 행동했을 때 칭찬할 가능성이 높아진다. 직장에서 탁월한 인간관계를 잘 하는 사람은 상사의 마음을 잘 읽는다. 그리고 관심과 인정을 받기 위해 부단히 노력하고 신경을 쓴다.

나는 한때 스스로를 특별하게 생각하는 도취적 자기상을 가지고 있었다. 간혹 직장 선배들이 나를 어려워하는 것을 느끼곤 했다. 공감적이지 않고 오만한 태도로 보일까 봐 일부러 더 살갑게 선배들을 대했다. 늘 어른스러운 내가 싫을 때도 있었다. 그러면서 나는 기대하는 인정을 받지 못하는 것에 대해 몹시 기분 나빠했다. 타인의 관심과 인정을 받지 못하는 것을 매우 불편해했다. 그렇다고 관심을 받기 위해 일부러 나를 과장되게 하지는 않았다. 친구들 사이에서 나는 늘 성격 좋은 아이였다. 싫은 소리를 잘 하지 않았다. 나는 언제부터인가 친구들 사이에서 언니 또는 누나 노릇을 하고 있었다. 사람들의 고민을 잘 들어주고 조언을 보태주면 환하게 웃으면서 행복해하는 것이 너무 좋았다. 그러나 나는 나의 고민거리는 누구에게도 잘 이야기하지 않았다. 그냥 일기장에 적고 스스로 푸는 스타일이었다. 동생이랑 말다툼이라도 해서 엄마한테 혼이 나면 나는 억울하다는 생각이 더 들었다. 애교가 많은 동생한테 뭔가 당한 기분도 들었다. 바로 아래 여동생은 늦둥이 막내가 태어나기 전까지 막내노릇을 했다. 엄마젖도 7살까지 먹었다는 유명한 성장 일화도 있다. 나는 엄마젖이 모자라 쌀미음을 먹었다. 그때부터 애정결핍이 있었던 걸까? 어렸을 때 우수한 성적표를 받아오면 아버지는 용돈도 주시고 칭찬을 많이 하셨다. 그런데 막내노릇을 오래했던 아래 동생은 애교 한 방이면 거저 뭐든 얻어간다. 어린 내 눈에는 참 이상했다. 성적은 정당해 보이고, 애교는 뭔가 거저라는 느낌이 들었다. 나이를 먹어갈수록 애교도 타고난 재능이라는 것을 알았다. 애교가 좀 부족해도 다른 면에서는 뛰어났기 때문에 그다지 필요성을 모르고 살았다. 지금은 남편에게 나만의 애교를 부리니까 참 많이 발전한 것이다.

대학을 졸업하고 결혼 전까지 꽤 오랫동안 나는 언니 집에서 살았다. 나는 중간에 독립해서 잠시 나갔다가 형부가 세종시로 발령을 받을 쯤 다시 들어왔다. 그리고 결혼을 해서 진짜 독립을 했다. 나보다 먼저 결혼한 동생도 결혼 전까지 언니 집에서 살았다. 주변에서는 우리 형부를 참 대단하게 생각한다. 우리에겐 형부가 아니라 삼촌 같은 존재이다. 평생 잘 해드려야 할 감사하고 고마운 존재이다.
세자매가 같이 사니까 재밌는 것도 많았다. 함께 드라이브도 많이 다녔다. 가끔 의견이 달라서 티격태격한 경우도 있었다.
"너는 왜 네가 듣고 싶은 것만 듣고, 보고 싶은 것만 보냐?"

어느 날 언니가 뭔가 인내의 한계를 느꼈는지 나에게 돌직구를
날렸다. 나는 내 입장도 있는데 그런 말을 거침없이 하는 언니
가 당황스럽고 미웠다. 띠 궁합에서도 잘 안 맞는다고 생각했
다. 책임감을 가지고 살아온 장녀의 입장이랑 차녀이면서 가운
데 서열상의 내 위치랑 많이 달랐다. 심리 치유도구인 EFT(자
유 감정기법) 워크숍에서 실전수업 시간에 나의 파트너 상담사와
세션을 진행했다. 그 과정을 통해 장녀라는 위치의 심정을 이해
하게 되었다. 그리고 그분에게 내가 공부하고 기록한 마음공부
정보를 제공해 주었다. 몸은 마음과 연결되어 있다. 몸의 곪은
상처는 도려내면 당장은 해결될지는 모르지만, 근원의 이유를
마음에서 찾아야 된다. 공부를 하면서 스스로 알아질 것이다.
그녀는 너무 고마워하며 웃으면서 돌아갔다. 나도 그분에게 참
고마웠다. 덕분에 언니의 마음을 헤아렸기 때문이다.
나의 인연들은 나를 공부시키고 깨우치려고 온 소중한 사람들
이다. 외부에 강하게 반응하는 것은 나의 결핍이다. 그 질량만
큼 삶의 변화가 필요하다. 나는 내 눈에 보이는 대로, 내 귀에
들리는 대로, 내가 느끼는 대로만 반응하면서 살아왔다. 육근청

정(六根淸淨)이 될 때 비로소 나의 껍질을 벗고 다시 태어난다. 남들의 소리를 경청해라. 내 안의 내면의 소리이고, 내 마음의 울림이 될 것이다.

08

# 당신이 사소한 일에도
# 잘 놀라는 이유

자주 깜짝깜짝 놀래는 것을 한의학에서는 경계증(驚悸症)이라고 한다. 경계증이란 사소한 일이나 소리에도 잘 놀라며, 그때마다 가슴이 두근거리는 일종의 심장신경증을 말한다. 크게 놀란 뒤부터 이런 증상이 오는 경우가 대부분이다. 지나친 생각이나 근심 등 정신적이 과로로 오기도 한다. 증상은 매사에 잘 놀라며, 가슴이 답답하고 잘 두근거린다. 심한 경우에는 호흡곤란마저 느끼게 된다고 한다. 흉통, 어지럼증, 두통 등이 따르며, 이와 동시에 정서의 불안정이나 불면 등 일반적인 신경쇠약 증상을 함께 나타낸다고 한다.

나는 중학생 때 아버지가 갑작스럽게 세상을 떠나시는 큰 충격을 겪었다. 태어나서 처음 겪는 느낌이었다. 하늘이 무너지면서 커다란 구멍이 열렸다. '천붕' 이라는 말이 있다. '하늘이 무너진다' 는 뜻으로, 임금이나 부모가 돌아가시는 것을 말한다. 하늘이 무너지는 듯한 깊고 큰 슬픔을 말한다. 말이나 글의 표현으로 감당조차 어려운 아픔이다. 조부모님이나 부모님의 형제분이 돌아가시는 것과는 차원이 다르다. 그 후 나는 작은 소리에도 깜짝 놀라 가슴이 두근거리기 일쑤였다. 꽤 오랫동안 무서워서 밤에 잠을 못자니까 엄마가 가슴에 품고 잔 기억이 많다. 엄마의 사랑 덕분에 마음의 안정을 찾았다.

나는 운전하다가 식겁한 기억이 있다. 운전면허증을 한 달 만에 취득한 후 형부 차를 타고 열심히 연습을 했다. 밤이면 사람도 드물고 조용해서 최적의 연습시간이었다. 나는 주로 집근처에서 드라이브 코스를 많이 다녔다. 그리고 어느 정도 연습을 한 후 시내로 나왔다. 대낮에 학원가를 가고 있는데 눈앞 신호등이 켜졌다. 속도를 줄이고 멈추려고 하는데 멈춰지지가 않았다. 헉! 얼마나 겁이 나고 무섭던지. 겨우 멈췄지만 너무 당황스럽고 온몸이 떨렸다. 그 순간 잊었던 트라우마가 나도 모르게 올라왔다. 나중에 알고보니 원인은 사이드브레이크를 제대로 내리지 않아서였다. 그 후 나는 운전은 필요할 때만 가끔 했다. 회사 출퇴근

버스가 있어서 굳이 운전이 필요하지 않은 이유도 있었다.

심리상담 공부를 하면서 EFT라는 자유감정 기법을 공부했다. 네이버 지식백과에 있는 EFT(Emotional Freedom Techniques)를 간단히 소개하자면, 미국의 게리 크레이그가 창안한 심리치료법으로, 동양의 경락이론을 바탕으로 하고 있다. 부정적 감정은 신체 에너지시스템(경락기능)이 혼란된 것이라고 전제하며, 특정 타점(경혈)을 두드림으로써 신체 에너지시스템의 혼란을 해소해 치유하는 기법이다. EFT에서는 기본적으로 부정적 감정의 원인은 신체 에너지시스템의 혼란이라고 전제한다. 또한 부정적 감정은 육체적 증상까지 야기할 수 있으며, 부정적 사건이 누적되어 부정적 감정이 지속되면 부정적 신념 및 태도를 형성한다고 본다. 따라서 신체 에너지시스템의 소통을 원활하게 하면 부정적 감정뿐 아니라 육체적 증상까지 치료되며, 신념과 태도도 바뀔 수 있다고 한다.

EFT를 시행하는 기본과정은 6단계로 나눌 수 있다.

1) 문제 확인 : 부정적인 감정의 원인이 되는 사건을 구체적으로 떠올린다. 그리고 그 사건을 떠올릴 때 일어나는 감정에 대한 SUD(주관적 고통지수: 특정 감정의 강도를 본인이 주관적으로 측정하는

것으로 대개 0~10까지의 수치로 표현함.)를 기록한다.

2) 준비 작업 : "나는 비록 __하지만 나 자신을 마음속 깊이 진심으로 받아들입니다."와 같은 수용확언과 함께 손의 날 타점을 두드리거나 가슴의 압통점을 문지른다.(3회 정도 반복)

3) 연속 두드리기 : 연상어구(부정적인 감정을 잘 이끌어 낼 수 있는 단어 또는 어구)를 반복해 말하며, 몸통의 7개 타점과 손의 5타점을 각 타점당 7회 정도 두드린다.

4) 뇌조율 과정 : 부가적으로 뇌를 자극하여 EFT의 효과를 배가시키는 단계이다. 눈동자의 움직임으로 뇌를 활성화시키고 숫자를 통해 좌뇌를, 콧노래를 통해 우뇌를 자극한다. 이때는 손등타점을 두드리면서 아홉 가지 동작을 한다.

① 눈을 감는다.

② 눈을 뜬다.

③ 머리를 움직이지 않은 채 눈은 오른쪽 아래를 바라본다.

④ 머리를 움직이지 않은 채 눈은 왼쪽 아래를 바라본다.

⑤ 머리를 움직이지 않은 채 눈동자를 시계방향으로 크게 돌린다.

⑥ 머리를 움직이지 않은 채 눈동자를 시계 반대방향으로 크

게 돌린다.

⑦ 2초 정도 콧노래를 한다.

⑧ 1에서 5까지 숫자를 센다.

⑨ 다시 2초 정도 콧노래를 한다.

5) SUD 재측정 : 1)번에서 느꼈던 부정적 감정에 대한 SUD를 다시 한 번 측정한다.

6) 추가 조정작업 : 1)번과 5)번의 SUD를 비교했을 때 수치가 떨어지지 않았다면 수용확언, 연상어구를 재조정하여 위 과정을 반복한다. 또는 부정적 감정과 관련된 다른 사건을 떠올려 위의 기본과정을 반복한다.

위의 6단계의 EFT 시행방법은 기본적인 과정이며 이를 단축시킨 과정도 있다. 또한 선택확언, 내적 평화과정 등의 심화된 방법이 있으며, 이는 EFT 전문 트레이너의 지도를 받으면 정확하고 효과적으로 진행이 가능하다. EFT 책은 최인원 원장의《5분의 기적 EFT》를 읽어보면 도움이 된다. 좀 더 깊이 있게 공부할 경우는 '한국 EFT코리아 협회'를 통해 교육과정을 이수하면 좋다. 필자도 레벨1, 레벨2, 레벨3을 이수한 후 심리상담에 다양하게 활용하고 있다.

우리는 살아가는 동안 많은 경험을 하면서 성장한다. 큰 아픔이 오는 건 나에게 큰 변화가 필요하다는 표시다. 나는 불교의 마음공부를 하면서 많은 깨달음을 얻었다. 그리고 내 안의 변화를 거부하고 안주하려는 성향과 애착심이 크다는 걸 깨달았다. 그 변화에 대한 근원적 이유를 깨닫고 얼마나 울었는지 모른다. 변화는 성장이고 진화다. 변화는 지금 현재의 나를 있는 그대로 받아들이고 수용하는 마음이다. 자연의 순리대로 산다는 건 참으로 어려운 인간의 과업이다. 그 순리는 내가 걸어가야 할 본성, 나의 길이기도 하다.

나를 불편하게 하는
감정은 내 마음속 내비게이션이고
손님 같은 존재다.

# 제2장

# 진짜 감정과
# 마주하기

Emotion

PART

02

# 분노, 불안...두려움 때문이다

　　사람의 무의식 속에는 살아오는 동안 안 좋은 일들을 겪으면서 부정적 기억과 감정으로 고통을 받게 된다. 그로인해 '분노조절 장애'와 '감정노동'의 사회적 문제 또한 심각하다. 연일 터지는 여러 종류의 사건, 사고 기사들을 보면 충동적으로 일어난 감정적인 사고가 많다. 스스로 감정조절이 안되면서 폭력성까지 나타남으로써 반사회적인 행동이 커지고 있다. 약물치료, 상담치료, 명상, 마음수련 등 다양한 방법에 의존하고 있다. 하지만 실상 큰 효과는 없다. 그 이유는 무의식 속의 부정적 감정 에너지를 근본적으로 해소하지 못하기 때문이다.

마음속에 쌓인 분노, 슬픔, 죄책감 등의 부정적 감정에너지를 잘 해소하면 삶이 즐겁다. 나는 늘 다른 사람에게 인정받고자 하는 마음이 많았다. 내 안의 부족한 부분이 있으면 긴장하면서 채우려는 욕심으로 스스로 나를 피곤하게 했다. 그것은 더 강하게 나를 예민하고 자기방어로 만들었다. 어느 순간 나의 몸은 딱딱하게 굳어가는 느낌이 들었다. 몸에 힘을 주는 건 아닌데 늘 내 어깨는 딱딱했다. 그러려니 하면서 살았다. 결혼을 앞두고 신부 마사지 패키지를 끊었다. 남편이랑 함께 받았는데, 남편은 몇 번 받다가 그만 두었다. 나는 거의 2~3일에 한 번씩 집중 케어를 받았다. 마사지 샵 원장님이 얼굴피부는 너무 좋은데, 어깨는 왜 이렇게 뭉쳐 있냐고 놀라워했다. 나는 우스갯소리로 수영을 오래 해서 근육이 뭉친 거 같다고 했다. 생각해 보니 평소의 생각 습관인 거 같았다. 실수를 용납하지 않고 완벽해지려는 성격이 끊임없이 나를 힘들게 했다. IT업을 오래하면서 비교하고 판단하는 직업적인 성격도 있었다. 설득하려는 협상의 자리에서는 강하게 밀어붙이는 성격으로 변해 갔다. 어느덧 내 마음과 몸도 컴퓨터처럼 굳어진 거 같다. 위염을 앓고 회복하면서 자연스럽게 불교의 마음공부를 하게 되었다.

나는 몇 군데 불교선원을 다니면서 다양한 공부를 하게 되었다. 공부도 인연 따라 한다고 하던데, 정말 신기하게도 한 군데 공부를 마치면 다른 선원으로 자연스럽게 인연이 이어졌다. 첫 번째 불교 선원에서는 명문대 경제학과 출신인 주지스님께서 경제학과 성공학을 불교와 융합해서 법문을 하셨다. 한참 불교 TV에서 생활법문으로 인기 주가를 올리셨다. 그 법문을 정리해서 책으로 출간하셨는데, 우연하게도 나는 그 책의 인연으로 그 선원에 갔었다. 주식투자를 하는 동안 위경련을 심하게 겪어도 나는 병원에 가지 않았다. 그때는 나의 상황이 최악이라서 병원에 가는 것이 불안했다. 의사한테 괜한 좋지 않은 말을 들을 거 같아 그냥 버텼다. 그 고집 때문에 내 위장은 스스로 살길을 찾듯 자생력으로 버텨 주었다. 나의 마음상황이 좀 진정이 되었다고 생각될 때 나는 그때서야 병원을 찾아 갔다. 의사가 놀라운 표정으로 나를 빤히 바라봤다. 의사가 "이 정도면 엄청 아팠을 건데 어떻게 버텼나요?"라고 했다. 위염이라는 진단이 나왔고, 위내시경으로 찍힌 내 위장 상태를 보았다. 내 내면의 몸속을 보았다. 위점막이 크게 패인 게 하나 보이고, 작게 패인 게 몇 개 보인다. 많이 헐었다. 내 몸이 이 정도로 심각했는데, 병원 한 번 안 가고 버틴 게 독하다 싶었다. 갑자기 또 속이 쓰린 듯 아팠다. 6개월 정도 약을 처방받고 꾸준히 챙겨 먹었다. 위장에 좋은 운동을 찾다가 그때 한참 유행이던 108배 운동을 집에서 했다. 108배 운동을 하는데 대략 20분 정도 걸렸다. 좀 더 큰 공간에서 하고 싶어서 장소를 찾았다. 찾아보니 집 근처 30분 거리에 큰 절이 있어서 법문이 없는 시간에 108배 운동을 했다. 큰 부처님이 모셔져 있는 대웅전에서 108배 운동을 했다. 겨울이라 한두 분의 불자님들이 기도하러 오셨는데, 워낙 큰 법당이라 편안하게 운동을 했다. 나의 위장은 점점 회복되어 갔다. 그리고 내 마음도 법당의 큰 부처님의 온화한 마음으로 바뀌어 갔다. 불교와 인연을 맺은 후 108배 운동은 나의 기도가 되었다.

불교의 마음공부를 하면서 나는 오랫동안 일해 온 IT업을 정리해 갔다. 그리고 자연스럽게 심리상담사로 새로운 삶을 살기로 했다. 서양의 심리상담 공부를 하면서 다양한 기법들을 접하게 되었다. 동양적 마음공부와 서양적 심리공부를 함께하니 관점은 다르지만 결국 사람에 대한 연구이다. 서양은 실체가 드러나는 과학적인 관점이라 명쾌하고 분명했다. 반면 동양적인 관점은 좀 더 깊이가 있긴 했지만, 대중적으로 접근하는 게 어려웠다. 마음공부와 심리공부는 결국 사람공부이다. 지금 시대는 지식의 시대를 넘어서 과학인문의 시대이다. 동양의 인문학과 서양의 과학이 하나로 융합, 연결이 필요한 시점이다. 난임 병원을 다니면서 그걸 온몸으로 체험하고 깨달았다.

삶이 부정적 경직성을 갖게 되면 부정적인 사고가 또 다른 부정적인 기억과 감정을 이끌어 온다. '기운은 끼리끼리' 라는 말이 있다. 파동은 같은 파동을 끌어오고 부른다. 한 번 활성화되면 더 크게 불러오고 증가시킨다. 자기 보호적이고 방어적인 감정이 두려움이라는 모습으로 전환된다. 이런 상태가 되면 사소한 것에 쉽게 화를 내고 진노하게 된다. 감정을 억누르는 상태가 된다. 나도 마음공부를 하기 전에는 나의 결핍된 부분을 누군가가 건드리면 쉽게 '욱' 하는 감정이 올라왔다. 내 안의 분노의 근원적인 실체를 알 수 없었다. 그래서 그냥 시키는 대로 마음을 내리는 연습을 하면 괜찮아지는 줄 알았다. 새벽 독경도 많이 했고, 철야 기도도 1년 정도 하면서 마음을 다스렸었다. 물론 지금의 나는 그러한 수련을 통해 만들어졌다. 그 인연들께 깊이 감사드린다. 이런 나를 이해해 준 나의 가족들에게도 너무 감사하다. 지나온 세월을 돌이킬 수는 없지만, 나의 큰 깨달음은 나의 것만이 아니다. 거룩하고 빛나게 세상에 쓸 것이다.

지식의 시대에 사는 우리들은 분노나 불안, 우울증 등으로부터 완전히 자유롭지 못하다. 이를 안고 살아가는 것은 엄청난 고통과 아픔을 겪는다. 순간적인 분노를 잘 다스리지 못해서 대형 범죄로 이어지는 사례도 많다. 층간소음이나 사소한 감정으로 문제가 되어 이웃 간에 갈등이 심해지는 경우도 많다. 이런 감정적인 문제들이 억압된 채로 풀지 않고 방치하면 불통으로 우리 기운은 막힌다. 마음과 몸은 하나로 연결되어 있다. 때문에 마음의 소통이 안되면 우리 몸까지 나쁜 영향을 준다. 이를 적절히 통제하지 못할 때 우리의 몸에 건강 적신호가 온다. 답답하고 억울한 마음을 풀어주지 못하니까 몸으로 표적을 보내온다. 우리가 위험에 처했을 때 자신을 보호하기 위해 무엇보다 신속한 대처가 중요하다. 보호하려는 내면에서의 감정이 두려움이라는 과민반응을 보인다. 그리고 두려움의 2차적인 감정으로 힘든 상태가 된다. 아무리 논리적이고 이성적으로 상대방의 마음을 달래보지만, 제정신이 아닌 상태는 소용이 없다.

외상 후 스트레스 장애에 걸린 사람들의 뇌를 비교 조사해 봤더니 편도체가 현저하게 작다는 연구결과가 나왔다. 그렇다면 두려움이나 공포심이 아예 일어나지 않으면 인간은 어떻게 될까? 어떤 것도 두려워하지 않게 되는 상황일 때가 상상이 되는가? 사실 두려움은 위험을 피하고 생존본능에 자연스러운 감정이다. 분노나 불안의 속성에는 두려움이 내재되어 있다. 결국 우리가 화를 내는 이유는 두렵고 생존에 필요해서다. 화가 날 때 내가 진정으로 두려워하는 것이 무엇인지 살펴보아야 한다. 분노가 일어나는 감정에 대해 담대하게 직면해야 한다. 우리의 정신 건강을 위해서는 분노를 놓아주어야 한다. 그렇지 않으면 분노는 우리를 더 힘들게 할 뿐이다. 있는 그대로 수용할 때 연결된 감정들이 하나씩 드러난다. 그 감정들에 대해 친절하고 상호 관용의 마음으로 대할 때 비로소 자유로워진다.

02

두려움을 있는 그대로
받아들이는 연습

정신과 상담의사인 조지 월튼의 저서《Why Worry》에는 "우리가 하는 걱정거리의 40%는 절대 일어나지 않을 일에 대한 것이며, 30%는 이미 일어난 일에 대한 것이며, 22%는 사소한 일에 대한 것이며, 4%는 우리가 바꿀 수 없는 일에 대한 것이다. 나머지 4%만이 우리가 대처해야 하는 진짜 일이다."라는 내용이 있다. 다시 말해서 걱정의 96%는 쓸데없고 불필요하다는 뜻이다. 4%만이 우리가 올바르게 대처해서 해결해야 할 진짜 고민의 영역인 것이다.

작가 다니엘 골먼의 저서《SQ 사회지능》에서는 "걱정거리가 많은 사람일수록 다른 사람에게 감정이입을 하는 능력이 떨어진다."고 했다. 의학계의 조사에 따르면 위장병의 80%, 피부병의 60%는 심리적인 원인으로 발생한다고 한다. 걱정과 불안, 두려움이 지나치면 스트레스로 인해 감정 기복이 심해지면서 마음이 더 불안해진다. 나의 감정을 그대로 드러내는 행동은 사회생활을 하는 사람들에게는 마인드컨트롤이 안되는 사람으로 낙인 찍힌다. 포커페이스에 강했던 나는 감정절제가 잘되는 편이었다. 나는 어떤 것에 대해 '좋고 싫고'가 분명한 성격이었다. 하지만 결정되기 전까지는 좀처럼 겉으로 잘 드러내지는 않았다. 불교 선원에서 마음공부를 할 때는 참고 인내하는 수련도 잘 수행하는 편이었다. 웬만한 건 수월하게 다 넘어가는 훈련이 되다 보니 남들이 보기에는 감정의 변화가 없어 보인다. 하지만 때로는 표현해야 할 감정들을 수련이라는 명목으로 강하게 억누르다 보니 오히려 감정이 점점 더 병들어 갔다. 감정표현을 억누르고 외면했던 못난 나를 발견한 후 그런 내 모습을 인정하는 것이 쉽지 않았다. 감정표현에 서투른 것은 잘나고 싶은 마음, 실수를 허락하지 않는 마음이 숨겨져 있었다. 그리고 그동안 억눌러왔던 나의 내면과 만났다. 나는 마음공부를 하기 전에는 두려움이 왜 오는 줄도 모르고 그냥 감당해야만 했다.

"자라보고 놀란 가슴 솥뚜껑보고 놀란다."라는 우리 속담이 있다. 솥뚜껑만 보면 놀랄 일이 전혀 아니다. 하지만 자라보고 놀랐던 사람은 비슷하게 생긴 것만 봐도 소스라치듯 놀란다. 즉, 불안이나 공포, 두려움이 작동하지만, 이런 현상은 사실 병이 아닌 자기 보호 프로그램이다. 특정한 사람이나 물건에 대한 강력한 충격을 받고 나면 그와 비슷한 형상이나 패턴만 봐도 공포심이나 기피하는 감정이 생긴다. 정상적인 감정의 지각체계이다. 불안, 두려움 같은 나쁜 감정을 비정상적인 마음상태로 인식해서는 안된다. 인간은 크고 작은 공포증을 안고 산다. 이것에 과잉 반응하는 것이 문제이다. 불안이나 공포증이 과도하게 반응하는 상태를 트라우마 혹은 PTSD라고 한다. 공포나 두려움은 우리 몸의 위험을 자각하는 감정이다. 다만 특정 대상에 대한 지나친 반응은 부정적인 감정을 더 크게 초래한다. 두려움에 사로잡히면 걱정, 불안한 감정이 더 고조되면서 두려움을 더 느끼게 된다. 그렇게 되면 삶의 건강한 변화를 이뤄내는 것이 어려워진다.

나는 물 공포증이 심하게 있었다. 어렸을 때 나보다 한 살 많은 동네 언니, 오빠들과 같이 놀곤 했다. 우리 동네에는 큰 바위 아래에 어른 키만 한 우물이 있었다. 전날 내린 비로 우물은 물이 넘쳐났다. 우물 옆으로 작은 물줄기가 있어서 손을 씻었다. 그러다가 동네 언니, 오빠들이 우물 바로 근처에서 물을 마시고 있었다. 물을 떠먹는 바가지가 없어서 우물에 입을 대고 마시고 있었다. 나도 그냥 따라하다가 그만 '풍덩' 하고 빠졌다. 그 이후 나는 정신을 잃었다. 눈을 떠보니 엄마, 아버지가 놀란 표정으로 바라보고 계셨다. 물에 빠지고 다시 떠오를 때 같이 놀던 동네 오빠가 나를 구했다고 한다. 다들 당황하고, 무섭고, 놀랐을 법한데 그중 용기 있는 동네오빠가 나를 구하다니. 어렸을 때는 제대로 인사를 못하고 보냈다. 지금이라도 지면을 통해 정말 감사드린다.

두 번째 물 공포증의 발생은 사촌오빠 때문이다. 방학 때가 되면 서울에 사는 사촌들이 할아버지 댁에 내려왔다. 우리는 함께 동네 냇가에 가서 물놀이를 하곤 했다. 그날도 전날에 비가 많이 왔던 것 같다. 사촌들끼리 냇가에서 조개잡이를 하면서 놀았다. 나는 얕은 곳에서 붕어잡기를 하고 놀았다. 재밌게 놀고 있는데 누가 갑자기 등을 밀어서 물에 빠졌다. 얕은 물이긴 했지만 놀라서 벌떡 일어났다. "으앙~" 놀라서 눈물이 쏟아질 틈도 없이 누가 또 물속으로 밀었다. 물속에서 허우적거리며 일어나는데 사촌오빠가 재밌다고 깔깔거리고 웃었다. 지금 생각하면 장난친다고 그런 것 같다. 하지만 그 이후 나에게는 물 공포증 트라우마로 자리잡은 거 같다. 물만 보면 자동적으로 겁부터 났다. 머릿속 기억은 사라졌지만 나의 몸 어딘가에 기억으로 저장되어 있었다.

마음공부를 할 때 그 사촌오빠한테 그 이야기를 했더니 미안하다고 하면서 정식으로 사과했다. 그 이후 사촌오빠에게 그날에 대해 한두 번 더 사과를 받고 나서야 그날의 무서운 기억에서 조금 진정이 되었다. 물만 보면 자동적으로 공포심이 올라왔던 나는 어느 날 갑자기 수영을 배우고 싶어졌다. 물에 대한 공포증은 두려웠지만, 그 당시 답답했던 마음을 풀 때가 운동밖에 없었다. 그냥 수영강습을 끊었다. 물은 여전히 두려웠지만, 수영은 너무 재밌었다. 수영을 하면서 물을 두려워하고 무서워하는 나의 내면아이를 만났다. 활력과 즐거움이 수영을 계속 하게 만들었다. 물속에서 자유롭게 놀고 있는 나를 발견했다. 나는 비로소 물에 대한 공포심에서 물속의 느낌을 적응하고 친해지기 시작했다. 그렇게 하루도 빠짐없이 1년을 수영장에서 살았다. 물과 자연스럽게 친구가 되어갔다. 수영의 즐거움은 이미 물에 대한 두려움을 잊게 만들었다. 수영을 통해 두려움의 감정이 중화된 느낌이 들었다. 물속에서 자유로운 인어가 되기 때문이다.

정신의학신문에 정신건강 전문의가 두려움과 불안에 대한 차이점을 정리한 내용이다.

두려움(공포)은 현실에서의 확실한 위협대상이 내 눈 앞에 있다고 한다. 그래서 그 대상이 있을 때에는 두려움을 느껴도 그 대상이 사라지면 두려움 또한 사라진다고 한다. 그 대신 경험했던 강렬한 두려움 때문에 불안이 그곳에 자리잡게 된다고 한다. 불안이 주는 생각은 현실적으로 혹은 통계적으로 볼 때는 발생할 가능성이 희박하다. 하지만 그런 생각에 빠지는 것만으로도 그 사람을 아주 힘들게 한다고 한다. 정신과 상담의사인 조지 월튼이 말한 것처럼 우리의 고민거리 4%만이 우리가 올바르게 대처해서 해결해야 할 진짜 고민의 영역인 것이다. 두려움과 불안은 인간의 내면의 심리적인 보호 장치로 나오는 감정의 표시이다. 당연히 있어야할 감정이지만, 지나칠 경우에 삶의 문제가 된다. 즉, 모든 감정은 한쪽으로 지나치게 편중될 때 더 악화되면서 악순환에 빠질 수도 있다는 것이다.

두려움에 대한 지나친 생각의 늪에 빠지면 마음의 균형이 깨진다. 결국은 몸의 질병으로 이어진다. 두려움, 분노, 불안 등 모든 것은 내가 스스로 일으키는 감정이다. 세상은 나로부터 투영이 되기 때문에 두려움 또한 나의 내면의 것이다. 사람의 모든 감정은 우리의 인생에 꼭 필요한 기본적인 감정이다. 나에게 어떤 두려움이 일어날 때 저항이나 거부를 멈춰보자. 일단 알아차리면 바람처럼 흘러간다. 늘 깨어있는 마음이 중요하다. 내 안의 내면의 소리를 들을 때 비로소 두려움의 진짜 이유를 알 수 있다. 두려움은 나를 지키고 보호하려는 자연스러운 감정의 표현이다. 우리가 같이 끌어안아서 품고 가야 할 소중한 감정인 것이다.

# 03

# 진짜 감정과 마주하기

남녀가 처음 만났을 때 뭔가 강하게 끌리면 호감도가 높아진다. 흔히 첫눈에 반했다거나 필이 꽂혔다고들 표현한다. 나는 첫눈에 반한 것을 믿지 않는다. 가짜가 많이 때문이다. 정작 그렇게 시작된 인연일지라도 서로의 믿음과 노력이 더 중요하다. 막연하게 끌리는 느낌이나 감정이 전부가 아니다. 첫눈에 반했다는 것은 외로움의 반증이기도 하다. 첫눈에 반한 마음이 지속된다면 진짜가 되어 가는 거다.

30대 초반 다소 늦은 나이에 모든 게 서툴기만 했던 첫사랑이 깨졌다. 아버지와의 사별 다음으로 인생의 두 번째 큰 이별의 아픔이었다. 비록 사귄 지 100일도 안된 사이였지만, 그 여파는 강했고 꽤 오래갔다. 마음이 깨진 크기만큼 나의 내면의 성장도 그만큼 자랐다. 그전까지만 해도 나는 누군가를 제대로 사귀어 본 적이 없다. 나를 좋아해서 따라다니는 남자는 있었지만, 그 정도만 허락하고 늘 마음의 거리를 두었다. 하지만 첫사랑이라고 내가 불렀던 사람은 다르게 다가왔다. 우리 둘 다 아버지에 대한 그리움이 강해서 급속도록 가까워졌다. 그렇지만 연애를 제대로 해본 적이 없는 나는 만나면 늘 뭐든 어색하기만 했다. 연애할 때 상대에게 내 속마음을 그대로 표현하고 전달하는 것이 어려웠다. 나는 늘 감정표현이 서툴러서 어쩔 줄을 몰랐다. 다행스럽게도 나는 MSN 메신저에서는 너무 대화를 잘했다. 이모티콘을 써가면서 감정도 잘 표현했다. 하지만 막상 만나면 전혀 다른 모습으로 이야기한다고 한다. 그것도 상대방이 나중에 말해 줘서 알았다. 마음을 잘 열지 않는 내가 너무 어려웠다고 한다. 돌이켜보니 그 남자도 연애가 서툰 사람이었던 거 같다. 정작 큰일이 생길 때는 혼자의 동굴로 들어가 있었다. 누군가가 나에게 말했다. 남자들이 쉽게 접근하기 힘든 무엄한(?) 여자의 자태를 지녔다고. 어려워서 말도 못 붙일 그런 여자로 보였나 보다. 사감선생님 같다는 말도 가끔 들었다. 검은 안경에 높고 드넓은 이마를 드러내며 머리도 뒤로 말끔하게 묶고 다녔으니 말이다. 그 남자도 그랬을까? 둘 다 아버지에 대한 추억으로 강한 공감대가 형성되면서 호감을 느꼈다. 연애 때 선물을 준비해도 서로 너무 비슷한 걸 고르고, 여러 가지로 우린 정말 잘 통했다. 중간에 어떤 지인의 개입으로 오해를 낳고 끝내는 100일 천하로 끝났지만 말이다. 그 이후 나는 운동을 하면서 지친 마음을 정리해 갔다. 그리고 6개월 만에 연락이 와서 해후했을 때 그는 말했다. "자기를 모르냐고…." 헉!, 내가 타심통 초능력자도 아니고 어찌 남의 마음을 다 알겠는가. 그리고 나도 한마디 했다. 내가 온라인의 MSN 대화창에서 보이는 나의 모습과 오프라인의 나의 모습도 전부 다 나라고 말했다. 왜 그걸 모르냐고 말했던 기억이 난다. 성숙하지 못한 연애경험으로 나는 크게 깨달은 것이 있다. 우리는 사람들과의 관계 속에서 산다. 원만한 소통을 위해서는 자기감정을 잘 표현해야 한다는 것을 알았다. 그리고 표현하지 못하면 상대는 아무것도 알 수가 없다는 것도. 자기식대로 추측하는 건 가짜가 많다는 것도 알았다. 자기 상상력은 건강한 자기계발에 쓰셔라.

나는 동양의 마음공부와 서양의 심리치유를 함께 공부하면서 많은 통찰을 할 수 있었다. '나' 공부를 다양한 각도로 좀 더 깊이 있게 공부하면서 경험할 수 있었다. 흔히 감정을 두고 진짜 감정, 가짜 감정으로도 표현하는데, 이분법으로 구분하는 것 자체는 의미가 없다고 본다. 다만, 우리는 다른 사람들과 관계하면서 살아가는 존재이다. 그렇기 때문에 상대와 소통할 때 좀 더 쉽게 이해되도록 하는 것이 중요하다.

내담자 Y과장은 대기업 건설회사에 근무한다. 1:1로 대화할 때는 말도 잘하고, 쾌활한 성격으로 동료들에게도 인기 있는 엘리트이다. 하지만 그는 승진을 하면서 고민이 생겼다. 주도하는 프로젝트가 많아지고, 발표도 많아졌다. 또한 후배들과 미팅할 기회도 많아졌다. 큰 실수를 한 것도 아닌데 걱정이 많다는 것이다. 사내 마음 건강센터에서도 상담을 해봤지만 쉽게 발표공포증이 없어지지 않았다고 한다. 지인의 소개를 받아서 심리 코칭을 받으러 왔다. 그는 그동안 발표를 할 때 올라오는 불안증과 공포심을 해결하기 위해 스피치학원도 꽤 오래 다녔다고 한다. 하지만 다니는 그때뿐이란다. 구체적인 해결방안을 제안해 주지 않아서 앞으로의 프레젠테이션이 걱정이라고 토로했다. 나는 해결대안으로 마음과 행동실천 습관의 변화에 대한 솔루션을 제안해 주었다. 자유감정 도구 EFT로 심리접근을 통해 완벽한 프레젠테이션을 하고 싶다는 욕심의 마음이 발견되었다. 또한 발표할 때 대상자들의 레벨이 더 높아지다 보니 긴장감이 커지고, 혹시 실수하면 승진에 영향을 줄까 봐 걱정하는 마음까지 생겼다고 한다. 내담자와 대화를 통해 마음의 깊이를 계속

탐구해 보면 겹겹이 연결된 마음이 끊임없이 나온다. 겉으로 드러나는 1차적인 감정문제를 시작으로 태아의 기억까지도 무의식으로 표출된다. 나는 내담자에게 말했다. "승진은 기쁜 일이지만, 대리에서 과장 승진 의미는 이제부터 과장으로서의 공부가 시작되는 거다."라고 했다. 승진해서 기쁜 만큼의 공간을 자기 내공과 실력을 잘 다지라고 했다. 지금 그런 감정이 일어나는 것은 자연스러운 현상이라고 했다. 그리고 불안한 마음을 EFT로 감정정화를 해주었다. 그리고 편안한 마음 상태에서 꾸준히 습관화시켜서 더 한 단계 높이 비상하는 기회로 삼아 현재를 즐기라고 했다. 마음이 불안했던 원리와 바뀐 환경에 대한 몸과 의식의 변화를 습관화하는 과정이 필요함을 인지시켰다. 내담자는 주기적으로 나한테 감정상태를 점검받기로 했다. 미션을 꾸준히 수련하기로 일정을 다시 조정했다.

가슴보다 머리가 먼저 움직이는 사람은 머리부터 제대로 이해시키면 행동하고 움직인다. 사람에 대한 관찰과 공부를 생활 속에서 하다 보면 자연스럽게 그분한테 맞는 솔루션이 나온다. 무조건 주입식으로 공부한 우리나라 교육방식에서 지금은 맞춤형으로 각자에게 맞는 방법으로 바꿔야 한다. 변화는 성장이고 진화다. 어제의 나, 오늘의 나, 내일의 나는 똑같은 '나'이다. 환경이 변하면 내 습관의 변화성도 함께해야 한다. 현재의 저항하는 마음의 불안을 있는 그대로 인정하는 것에서부터 나는 또 다른 변화를 시작한다. 그럴 때 변화의 가능성이 커지고, 새로운 모습으로 멋지게 성장하는 것이다.

내 안에 감추어져 있는 나의 진짜 감정을 정면으로 바라볼 용기가 필요하다. 그러면 살면서 마음의 상처를 받아 성장을 멈춘 나의 내면아이와 만나게 된다. 그리고 좀 더 성숙한 나는 그동안 돌보지 않고 방치한 나의 내면아이를 어른스럽게 아이의 눈높이로 보게 된다. 서로 하나가 되어 공감하고 풀어줄 때 비로소 내면아이는 마음의 상처가 녹여지면서 환하게 웃는다. 내 마음의 집착을 내려놓은 순간이다. 상처가 치유되고 나는 내면아이만큼 더 마음의 성숙을 하게 된다. 못난 나도 있는 그대로 받아들이고 인정할 때 건강한 변화가 시작된다. 버리고 싶고, 부정하고 싶고, 거부하고 싶은 나의 못난 모습을 그냥 바라보자. 그러려면 변화에 대한 작은 용기가 필요하다. 드러내지 않고 숨겨진 나의 감정을 만날 때 거울 속의 또 다른 나를 발견한다. 아기 속살처럼 말랑말랑하고 순한 내 안의 감정에 손을 내밀 때 우리는 다름이 아님을 안다. 근원의 하나로 연결되어 있다. 감정에도 동전의 양면처럼 하나지만 각자의 역할이 있다.

잠시 약해진 감정과 동행할 때 마음이 치유되고 더 단단해진다. 나를 불편하게 하는 감정은 내 마음속 내비게이션이고 손님 같은 존재다. 그 안에 숨겨진 진짜 감정의 소리를 듣기 바란다. 감정이 내게 보내는 마음의 신호를 잘 포착하자. 생생한 나의 마음을 알게 될 때 진정한 나의 모습으로 살아갈 수 있다.

04

# 나는 왜 남들처럼 살지 못할까?

누군가를 사랑하면서 동시에 미워할 수 있을까? 그럴 수 있다. 순수한 사랑에 욕심이라는 계산이 들어가면 미워할 수도 있다. 우리는 신이 아니기 때문이다. 전지전능한 신의 삶을 닮고자 할 뿐, 완전체는 어려운 게 사람의 본질이다. 우리는 3차원의 물질세계에서 살도록 최적화되어 있는 인간이기 때문이다. 해가 있으면 달이 있고, 빛이 있으면 어둠이 존재하는 게 자연의 모습이다. 사람에게는 두 가지 반대되는 측면이 동시에 존재한다. 그래서 변화무쌍한 삶을 살기도 하고, 다양한 경험을 부여받는다.

나는 대학을 갓 졸업하고 취업준비를 하던 중 친언니로부터 면접요청을 받았다. 재벌 100위권 내 중견회사로 삼성전자와 오랜 파트너십을 유지하고 있었다. 입사지원을 하고 면접을 기다리던 중에 회사 사장님이 정읍지사에 출장을 오신다고 했다. 전주에 살았던 나는 서울이 아닌 정읍지사에서 면접을 보았다. 자수성가한 분의 포스가 느껴졌다. 조금 긴장을 했지만 배려를 많이 해주셔서 편안하게 면접을 보았다. 사장님이 정읍출신이라 나를 좀 더 좋게 평가해 주신 거 같았다. 나는 운이 좋게도 최종합격이 되었다. 내가 서울로 상경할 때 엄마는 내가 아주 높은 자리로 올라가는 꿈을 꾸셨다고 한다. 뜻밖에 나는 사장님 비서실로 발령이 났다. 나는 컴퓨터 전공이고, 입사지원이 전산실이었다. 그리고 입사결정이 났는데, 나는 두 가지 업무를 동시에 부여받았다. 갑자기 공석이 된 사장실 비서직을 맡게 되었다. 전산실은 SI 전문 외주업체를 아웃소싱으로 두고 있었다. 회사 내 각 부서 전산업무와 외부 SI업체를 총괄 운영 관리하면 되었다. 전산실 전임자로부터 업무를 인계받고, 필요한 교육을 일정에 맞춰 받으면 되었다. 까다로워 보이는 사장님 비서업무가 문제였다. 나는 출근하자마자 한국표준협회 비서교육과정을 밟았다. 그리고 퇴사를 준비 중인 전임비서 선배한테 사장님의 비서로서 필요한 업무를 인계받았다. 또한 실전에서 부족한 것들은 내 근기에 맞게 사장님이 별도로 조언을 주셨다. 사회경험이 전무했던 나는 모든 것들이 낯설고 버겁기도 했지만 묵묵히 배워 나갔다. 간혹 마음의 상처를 받을 때는 힘겨움에 눈물만 삼켰다.

전산실은 구미지사로 발령받은 전임자가 본사업무도 함께 진행하게 되었다. 시스템이 본사 외 지사까지 전체 통합 운용해서 그게 가능해졌다. 나는 온전히 비서로서의 역할에 집중할 수 있었다. 자수성가한 분을 모신다는 건 늘 긴장해야 하는 일이었지만, 그 자리까지 올라간 사장님의 남다른 노력과 배짱과 통찰을 엿볼 수 있었다. 그리고 사장님 비서로서 품성과 절제를 유지하는 것도 나에게는 하나의 역할이기도 했다. 사장님은 내가 특별히 더 마음을 쓴 것에 대해서는 늘 알아주셨다. 그리고 선물이나 간단한 메모로 늘 고마움을 표시해 주셨다. 직원들은 주말도 없이 매일 새벽 시간에 출근하는 사장님을 일중독자라며 피곤해했다. 하지만 지금의 이 자리까지 올라온 건 남다른 근성이 있기에 가능했을 것이다. 사내 직원들과 좀 더 자유롭게 지내지 못한 것은 아쉬웠지만, 사장님의 보이지 않는 큰 가르침은 나를 성장시키는 큰 힘이 되었다.

스트레스를 많이 받으면서 살고 있는 현대인들에게 흔하게 나타나는 질환 중 하나가 감정조절 장애다. 내가 상처받지 않으려는 내적인 감정압박으로 힘들어 한다. 특히 분노는 자기 자신을 방어하기 위해 유발되는 감정이다. 남들은 그냥 넘어갈 수 있는 일을 과하게 화를 내는 경우로, 인간관계나 사회문제로까지 확산되고 있다. 감정은 움직이는 에너지다. 몸을 통해 느껴지는 에너지다. 경쟁사회 속에서 나는 남보다 강한 의지나 절제를 이유로 감정을 억누르며 살아왔다. 그것을 성공하는 사람들의 특징으로 보고 현실 속으로 나를 집어넣고 압박했다. 참고 인내하는 법을 배우고, 분노를 조절하는 법을 내 마음에 새겨 넣고 강요했다. 나를 보호하려는 내면의 두려움은 분노나 불안으로 나타났다. 나쁜 감정은 매사에 시시비비를 따지게 했고, 부정적인 생각을 하게 만들었다. 아파도 그냥 참고, 그때만 넘어가면 저절로 아물고 치유되는 줄만 알았다. 마음공부를 하면서 내 안의 나를 돌아보는 시간을 많이 갖게 되었다. 그리고 어느 날 갑자기 미친 듯이 수영에 몰입했던 이유를 알게 되었다. 내 몸이 스스로 나를 이끌었던 것이다. 감정을 대하는 나쁜 습관은 결국 나의 스타일, 정체성, 성격 등이 되어갔다.

티베트에서는 삶에서 두 가지 적이 있다고 한다. '집착' 과 '거부' 가 그것이다. 익숙한 것에는 집착하고, 익숙하지 않은 것에는 거부감을 느낀다. 그것 때문에 우리는 사는 동안 편안한 곳에 길게 머물면서 삶이 고착화 되어간다. 그것이 '번뇌' 다. 당신이 얼마나 많은 것에 집착하는지 주변을 찬찬히 돌아보기 바란다. 불편한 것들에 대한 거부감은 다른 것들을 향한 집착을 강화시킨다. 두려움이라는 불편한 감정에 대한 강한 거부감은 우리의 몸을 점점 고착화시킨다. 근육이 뭉쳐서 고착돼 버린 이유이다. 두려움을 억누르는 것이 나를 빛나게 해주는 것처럼 보인다. 주변 사람들과 사회가 원하는 모범적인 모습으로 보이기도 한다. 왜냐하면 그것은 의지와 확신으로 상징할 때가 있었다.

2015년 보건 조사 결과에 따르면, 18세 이상의 인구 중 86.4%가 술을 마신 경험이 있다고 한다. 그중 70.1%는 지난해에 술을 마신 적이 있고, 56.0%가 지난달에 술을 마셨다고 답변했다. 또한 26.3%가 폭음을, 7.0%가 과음을 경험했다고 발표 자료를 통해 알코올 중독의 심각성을 설명했다. 여성의 알코올 중독은 남성에 비해 진행속도가 훨씬 빨라 신체적, 정신적 손상이 더욱 크게 나타난다고 한다. 중독자는 세상에 자신이 드러나는 것을 기피하는 경우가 많다. 의학적으로 중독은 정신질환 중에서 '습관 및 충동장애' 에 해당한다. 병적 도박이란 '사회적, 직업적, 물질적 및 가정의 가치와 책무의 손상에 이르기까지 개인의 삶을 지배하는 빈번하고 반복적인 도박 탐닉' 을 말한다. 한마디로 자신에게 손해가 계속되는 데도 불구하고 도박을 끊지 못하는 상태를 말한다. 서울대학교 정신건강연구소에 따르면, 미국의 통계로는 성인의 약 80%가 도박을 하지만, 병적 도박에 해당되는 경우는 성인 인구의 1~3% 정도로 추정하고 있다. 우리나라에서는 최저 20만 명에서 최대 100만 명 정도의 성인이 병적 도박으로 사회생활에서 문제를 겪고 있는 것으로 추정된다. 도박에 빠지는 가장 큰 이유는 '짜릿한 쾌감' 때문이다. 그밖에도 현실로부터의 도피, 모험심, 물질적인 욕망, 변화의 갈망, 지루함 탈피 등과 같은 이유들도 있다. 극심한 스트레스와 불안증으로 중독에 빠지는 경우가 많다. 그 근원적인 이유로는 삶의 두려움을 억압하는 감정문제이다.

두려움은 모든 나쁜 감정의 주된 요소이다. 간혹 부부싸움을 할 때 나는 화를 잘 내지 않는다. 속으로는 저항하는 감정은 좀 올라오지만 오히려 더 이성적이고 차분해진다. 그래서 내가 마음공부가 잘되어서 마음의 흔들림이 없고, 이성적인 성향이 강해서 그런가 보다 생각할 때도 많았다. 신혼 초에는 서로 잘 지내다가도 한 번 의견이 충돌되면 둘 다 예민하게 굴었다. 서로에게 말로 상처받은 것이 큰 상처로 남았다. 마음공부가 될수록 특정한 반응에는 더욱더 예민하게 느낀다고 한다. 외부 영향을 덜 받는 건 좋은 일이지만, 감정이 무감각해진 기분도 들었다. 마치 너무 지나치게 절제된 감정이랄까? 오히려 희로애락의 모습을 그대로 드러내는 것이 더 인간적이라고 생각하는 사람도 있었다. 마음공부는 스승의 관점에 따라 배움이 다르게 왔다. 과거 옳고 그르다는 이분법적인 관점이 융합적으로 바뀌었다. 감정은 내면의 몸 신호다. 사람들이 나쁜 감정이라고 여기는 두려움이나 분노는 위기의 기회다. 위기는 진화의 원동력이고 힘이다. 두려움을 자연스러운 감정으로 온몸으로 받아들이기까지는 노력이 필요했다. 연습이 필요했고 계속된 깨달음이 이어졌다. 두려움과 소통하게 되면 모든 나쁜 감정과 어둡고 부정적인 마음도 소통이 가능해진다. 두려움을 마음으로 품고 포용해 보자. 나와의 소통이 자연스러워진다. 두려움에 대한 해방으로 자신에게 부여받은 재능을 삶의 에너지로 빛나게 쓰자.

05

# 불안함은 피할 수 있는
# 감정이 아니다

누구나 연애할 때는 마음을 계산하지 않는다. 그냥 좋아서 내 앞의 인연에게 잘해줄 뿐, 그 이상도 이하도 아니다. 결혼하고 나서도 한동안은 꿀 떨어지는 연애가 지속된다. 특히 연애기간이 짧은 사람은 더 그렇다.

내가 한참 마음공부를 할 때 남편을 만났다. 언니 지인의 소개로 만난 남편은 말이 별로 없었다. 결혼을 하고 보니 남편의 건강이 많이 좋지 않았다. 나는 아내로서 남편의 건강을 최우선으로 신경 썼다. 마음과 몸의 균형이 많이 깨진 상태였지만, 그동안 마음공부를 한 덕분에 마음을 더 내어 신경 썼다. 특히 시댁에 갈 때마다 두 형님들이 남편의 얼굴이 몰라보게 좋아졌다고 하셨다. 세포가 동글동글하게 바뀌어 가고 있다는 느낌이었다.

균형을 되찾고 몸과 마음이 정상으로 회복되었다. 하지만 어쩌다 시댁을 가는 것으로 우리는 크게 다투곤 했다. 마음공부를 할 때 많이 의지했던 큰집 사촌오빠의 조언에도 불구하고 나는 시댁에 가는 것을 예민해했다. 우리 엄마도 아들에 대한 집착이 강하시지만, 오빠가 외아들이니 그러려니 했다. 시어머니에게서 4남 2녀 중 셋째인 남편에 대한 마음이 남다르다는 걸 느꼈다. 남편은 다른 형제에 비해 시어머니의 넋두리나 작은 불만까지도 다 들어주고 받아주는 스타일이었다. 살면서 남편이 어쩌다가 자기 속이야기를 하나씩 풀 때마다 마음속으로 나는 입이 쩍쩍 벌어졌다. 겉으로는 의연했지만 속으로는 좀 당황스러운 적도 있었다. 시댁을 갈 때마다 불편하고 불안한 마음이 생기기 시작했다. 그러면서 시댁을 가는 게 예전 같지 않았다. 연애도 짧았고 남편에 대한 정보가 많지 않다는 걸 깨달았다. 답답한 나는 나 자신을 아는 공부를 화두로 삼고 남편을 알아가는 공부를 시작했다. 남편을 알려면 시댁공부가 필요했다. 나는 집안을 보고 시집을 간 게 아니라 남녀가 상생하기 위해 융합으로 만나는 결혼을 했다고 생각했다. 하지만 의지와는 상관없이 겪어야 할 일들이 있었다. 그것이 나의 인연으로 찾아온 남편에 대한 공부이면서 서로에게 빛이 되어가는 과정이리라.

인생이 내가 생각하는 대로, 계획한 대로 된다면 얼마나 좋을까? 한 치 앞도 모르는 게 우리네 인생사라고 한다. 편안하고, 기쁘고, 행복하게 살고 싶어도 뜻대로 되지 않는다. 현실은 그렇게 녹록치만은 않다. 왜냐하면 내 인생의 실제적인 주인이 내가 아니기 때문이다. 불안, 두려움, 우울증, 만성질환은 현실에서 겪는 여러 가지 어려움으로 인한 스트레스가 쌓이면서 나타나는 증상들이다. 그리고 모든 스트레스는 대인관계에서 서로를 바르게 대하는 법을 몰라 갈등과 실패를 거듭하는 과정에서 생긴다. 사람과의 소통은 원활한 대화로부터이다. 그 사람의 입장이 되어 보면 공감이 가고, 나를 주장했던 마음이 따뜻함으로 전환된다.

모든 인간관계의 문제는 감정이 저항감으로 변화되면서부터 발생한다. 경쟁하는 사회 속에서 긴장하고 경직된 관계에서 오는 현상이다. 우리의 정신작용이라는 것도 육체라고 하는 하드웨어에 소프트웨어가 내장된 것이다. 하드웨어가 열을 받으면 소프트웨어에 이상을 일으키기 쉽다. 플러그를 빼든지 해서 하드웨어의 열을 식혀 줘야 한다. 컴퓨터나 자동차에 바람을 일으켜서 열을 식혀 주는 장치가 있는 것도 그 때문이다. 사람 또한 긴장을 하면서 열이 올라와 불안감이 생긴다. 그 열을 약간 내려야 한다. 신경안정제나, 명상이나 몰입으로 전환하는 여러 가지 방법으로 해결을 한다. 하지만 모든 것은 임시방편이다. 긴장이나 불안감은 무의식의 긴장이 더 크게 작용한다. 따져보면 남을 지나치게 의식한다거나, 아무것도 아닌데 무의식의 나쁜 기억으로 거부하는 마음의 반응이다. 의식은 어느 정도 나의 의지나 절제로 통제를 할 수 있다. 하지만 대부분은 무의식에서 일어나는 현상이다. 무의식을 자유자재로 컨트롤이 가능하면 모를까, 쉽지가 않다. 최면요법이나 자유감정 기법인 EFT나 명상을 통해 어느 정도는 효과를 볼 수 있다. 하지만 그 근원을 찾는 나의 공부가 꼭 필요하다.

불안은 인간의 기본 감정 중의 하나이다. 인생의 어느 시점에 어려운 상황에 놓이게 될 때 누구나 불안을 경험한다. 그러나 때로 지나치거나 상황에 맞지 않는 불안을 경험하게 되면 그에 대한 대처 방법과 행동들을 준비할 필요가 있다.

대한불안의학회에서 불안한 사람들의 다섯 가지 그릇된 생각과 행동들을 정리했다.

**첫째, 위험 확률에 대해 매우 극단적으로 부정적인 사고방식을 갖는 것이다.**

살다 보면 누구에게나 나쁜 일이 일어날 수 있는데, 불안한 사람들은 나쁜 일 중에 가장 나쁜 일이 일어날 것이라 생각한다. 즉, 세상에 일어날 수 있는 가장 최악의 상황을 가정하는 것이다. 이때는 보다 합리적이고 현실적인 생각이 무엇인지 찾기 위해서 노력해야 한다.

**둘째, 자신의 능력을 과소평가하는 것이다.**

사람들은 누구나 어떤 일이 일어나더라도 자신이 어느 정도는 극복할 수 있는 능력을 가지고 있다. 그러나 불안한 사람들은 여러 가지 구실을 만들어 이런저런 이유로 자신은 그런 힘든 상황을 극복할 능력이 없다고 생각한다. 그러나 자세히 들어보면 과거에도 유사한 상황에서 잘 극복한 경험도 있고, 객관적으로 보기에 그 정도 상황은 이겨낼 능력이 있는 데 도 말이다. 이 경우 가족이나 친구들의 도움도 필요하다. 가족, 친구들의 보다 균형 잡힌 시각이 그들의 잠재 능력에 대한 답을 줄 수도 있다.

**셋째, 과잉 일반화이다.**

이는 전에 이런 일이 있었으니 이번에도 그럴 것이라고 믿는 것이다. 머피의 법칙이라고 부르는 것과 유사한 것이다. 전에 이럴 때 안 좋은 일이 있었으니 이번에도 또 그럴 것이라고 예상

하는 것이다. 일반화하여 한 번 있으면 또 그럴 것이라고 믿는 것이 불안한 사람들의 특징이다. 그때그때 상황에 따라 몸도 마음도 다르다는 현실을 자각해야 한다.

**넷째, 지나친 눈치 보기이다.**
불안한 사람들은 남의 눈치를 많이 보며 상대의 마음을 읽으려 한다. 그러나 불행하게도 눈치로 상대의 마음을 정확히 읽을 수 있는 사람은 별로 없다. 특히 불안한 사람들은 상대의 마음을 읽으면서 이를 부정적으로 해석한다. 상대의 표정이나 몸짓을 보니 나를 싫어하는 것 같다느니, 그 사람이 나 때문에 화가 난 것 같다느니, 이런 식이다. 혼자 끙끙대며 눈치만 보면 불안이 쉽게 사라지지 않는다.

**다섯째, 지나친 완벽주의, 즉 반드시 이래야만 한다는 일종의 '머스트(must)' 병이다.**
사람들은 살면서 자기 나름대로의 규칙을 가지고 있을 수 있다. 그런데 이 규칙이 너무 엄격한 경우 불안을 유발할 수 있다. 사람은 완전하지 않기 때문에 신이 아닌 것이고, 완벽하지 않기 때문에 오히려 인간적인 매력을 보여줄 수 있다는 사실을 기억해야 한다.

불안은 없을 수 없다. 불안감은 마음이 감정으로 보내는 어떤 센서이다. 뭔가 잘못을 했을 때 바른 방법을 찾도록 해주는 경우도 있다. 충분히 준비하지 못하고 노력이 부족할 때 오는 경우도 있다. 이미 발생했고, 그것을 되돌리기에는 역부족이다. 감정 문제와 관련하여서 우리가 가장 먼저 유념해야 하는 원리는 모든 감정의 양면성이다. 예를 들면, 시험을 준비하는 수험생의 경우 적당한 긴장과 불안감은 학습에 집중하고 더 몰입할 수 있도록 만든다. 위협적인 상황에서 자신을 지키기 위해, 또는 어떤 행동이나 일을 더 잘하기 위해 불안증상이 필요하다. 인생이 동전의 양면 같은 속성을 가지고 있듯이 감정의 불안함을 있는 그대로 수용해 보자. 경직되고 긴장된 마음에 힘을 빼면 내 안의 내면의 진짜 소리를 알 수 있다.

06

# 두려움을 극복한다는
# 헛소리는 그만하라

40년 넘게 서로의 공간에서 남남으로 살아온 사람과 늦은 결혼을 했다. 남편의 그동안 삶의 터전이었던 고향을 떠나 타지에 신혼집을 마련하였다. 남편은 한동안 향수병 같은 것을 앓은 거 같다. 내가 어렸을 때 순창에서 전주로 이사를 하면서 느꼈던 그 향수병. 갑자기 바뀐 환경에 적응하는 일종의 마음 적응기이다. 신혼 초기에는 2주에 한 번 꼴로 시댁에 내려가려니 몸도 피곤하고 적응이 어려웠다. 남편은 병환으로 돌아가신 시아버님의 부재로 홀로 되신 시어머니를 걱정하는 마음이 컸다. 남편은 쉬는 날만 되면 시댁 가기에 바빴다. 충분히 이해는 되었지만, 혼자라는 기분이 드는 건 어쩔 수 없었다. 오랫동안 엄마를 의지하면서 살아왔던 내 마음은 결혼후 "이제는 진짜 독립된 마음으로 살아야 하는구나."라고 생각하니 괜히 서글

퍼졌다. 특히나 남편이랑 마음의 소통이 안될 때는 혼자라는 생각이 더 크게 느껴졌다. 그냥 멍하니 침대 위에서 천정만 바라봤다. 그렇다고 엄마한테 전화로 투정을 부려 걱정을 끼치고 싶지 않았다. 어찌됐든 결혼생활에 잘 적응해서 잘 사는 게 효도하는 것이고 부부로서의 도리다. 나는 마음이 힘들거나 외롭다고 느낄 때마다 마음공부 강의를 많이 들었다. 나의 마음을 채워가며 삶의 이치와 생활관에 힘쓰면서 모든 것을 나의 공부로 삼았다.

특별한 일이 있었던 것도 아닌데, 어느 날 문득 '이 세상에 나는 혼자구나' 하는 외로움이 깊이 사무칠 때가 있다. 언제부터 우리는 혼자인 것을 자연스럽게 받아들이지 못하고 두려워하게 됐을까? 왜 내 자신의 생각보다 남들이 나를 어떻게 생각하는지를 더 신경 쓰는 걸까? 순수한 마음보다는 의무감으로 사람을 대하게 됐을까? 우리는 늘 불안과 두려움을 안고 산다. 성적과 회사실적, 인간관계 등 우리를 불편하고 불안하게 하는 요소는 셀 수 없이 많다. 요즘은 방송매체에서도 분노조절 장애, 공황장애, 우울증 등을 가지고 있는 사람들을 흔히 볼 수 있다. 그 어느 때보다 많은 불안과 두려움에 떨고 있는 현대인들은 자신의 내면을 제대로 바라볼 수 있는 잠깐의 시간조차 갖지 못한다. 우리가 인식하지 못하는 사이에 우리 일상의 상당부분을 두려움이 영향을 주고 있다.

틱낫한 스님은 《오늘도 두려움 없이》에서 "위험이 외부에서만 온다고 생각하지 마십시오. 위험은 안에서 오는 것입니다. 우리 내면의 두려움을 인정하고 깊이 보지 않는다면 자신에게 위험과 사고를 끌어당길 수도 있습니다."고 말했다. 우리를 지배하고 있는, 그러나 모두가 외면하고 싶어 하는 '두려움'에 대해 이를 직면하고 자연스럽게 받아들일 것을 조언한다. 그의 가르침은 인생의 근원적 문제인 삶과 죽음에 대한 공포부터 일상 속에서 흔히 겪는 외로움의 문제까지 우리를 둘러싼 모든 두려움들을 차분하면서도 따뜻하게 아우른다. 스님의 말씀은 이렇게 두려움을 인정하고 자유로워지라는 것에서 나아가 구체적인 수행법과 진언까지 이어진다. 불교의 수행법이라 하면 어렵고 거창할 것 같지만 그렇지도 않다. 때로는 가벼운 산책을 권하기도 하고, 간단한 호흡법을 통해서도 충분히 마음을 다스릴 수 있다.

두려움은 인간이 가진 원초적인 본능 중의 하나다. 어제 신문을 보다 들을 이야긴데, 사람 중에는 새로 이사한 곳에서 두려움을 느끼는 경우가 있다고 한다. 이 두려움이란 것이 때론 우리의 의지와는 상관없이 찾아왔다가 가곤 하는데, 그것이 시작되는 시점은 태아가 모체를 떠나 홀로 살아야 하는 순간부터라고 한다. 모체에 의지해서 살았던 태아는 탯줄이 끊어짐으로써 스스로 호흡해야 하는 순간을 맞이하는데, 그때 느끼는 최초의 감정이 두려움이라는 거다. 두려움을 한 번도 느껴보지 못한 사람이 있을까. 두려움 속에서 살아야 하는 우리의 삶은 행복과는 거리가 멀 수밖에 없다. 이런 두려운 마음을 다스릴 방법은 그것이 어디에서 오고 어디로 가는 것인가를 살펴보는 일밖에 없다. 인간은 긍정적인 감정과 부정적인 감정 사이를 오가는 뱃사공이다. 완벽하게 한 곳에 정착할 수 없고. 이리저리 오가는 사이에 삶은 어지럽기만 하다.

우리가 두려움에 빠지는 것은 과거에 일어났던 기억이나 미래에 대한 걱정이 앞서기 때문이다. 과거와 미래는 이미 지나갔거나 아직 오지 않은 허깨비에 불과하다. 그것에 마음이 쏠려 두려움을 느낄 필요는 없다. 현재의 시간에 충실하면 그런 허상에 두려움 마음을 품을 새가 없다는 것이다. 때로는 우리의 부모나 조상을 부정하고 싶은 마음이 생긴다. 그러나 그것은 이미 일어난 일이기 때문에 부정한다고 부정되는 것이 아니다. 자신의 조상을 받아들이는 것은 자신을 받아들이는 것과 같다. 아무리 자신에게 좋은 것을 물려주지 못한 조상이라고 해도 자신의 몸을 물려 준 것은 틀림없는 사실이다. 이 사실을 받아들이고 내 안의 마음과 화해해야 한다. 내면의 두려움을 없애고, 마음의 고통을 없애려면 먼저 자신의 조상과 가족들과의 화해가 꼭 필요하다고 말한다. 다른 관계 또한 마찬가지다. 우리가 고통을 느끼고 있는 관계는 상대방과의 오해에서 비롯될 확률이 많다. 먼저 오해를 풀 수 있다는 믿음을 갖자. 그리고 자신의 처지를 정직하게 상대방에게 털어놓자. 그 상대방이 하는 말을 잘 들어주는 것만으로도 오해를 풀고 평화로움을 맞이할 수 있다.

인간의 뇌는 패배감, 좌절감과 같은 부정적인 거에 너무 취약하다. 자기가 한 생각이지만, 부정적인 감정은 그게 나쁜 일하고 만나버리면 나쁜 직감이 맞을 거 같단 생각이 강해진다. 그런데 사람은 나쁜 직감에는 쉽게 휩쓸린다. 진짜 그럴 거 같아서이다.

사람은 왜 두려움이라는 감정을 가지고 살아가야 하는 걸까? 끊임없이 흘러나오는 갖가지 불안과 걱정, 수많은 두려움을 일으키는 부정적인 감정들과 마주해야 한다. 나는 많은 책들을 접하고, 그 책들 안에서 들려주는 이야기와 지혜를 통해서 마음을 다스리는 법을 배워 나갔다. 두려움을 완화하기 위해 우선 할 일은 두려움과 이야기를 나누는 것이다. 두려움에 떠는 내면의 아이와 함께 자리에 앉아 "내 안의 내면아이야! 나는 어른이 된 너란다. 이제 더 이상 너는 혼자가 아니야. 이제부터는 성숙한 어른으로서 내가 너를 잘 돌볼 거야. 걱정하지 말고 나를 믿고 함께하자."라고 부드럽게 말해 보자. 서로를 돌보면서 함께 좋은 방향으로 변해야 꽃이 아름다운 마음의 정원을 가꿀 수 있다.

두려움은 언제나 있다. '두려워 죽겠어!' 쉽게 말하지 않으려고 애를 써도 결국 바닥까지 떨어지는 위기의 상태가 되면 절규하듯 인정할 수밖에 없다. 우리의 두려움은 '알아차림'의 에너지로 감싸 안아야 진정시킬 수 있다. 젊은 시절, 나는 퇴근하고 집에 오면 온 집에 전등을 켜고 TV를 틀었다. 주말이면 늘 친구나 후배들을 집으로 초대했다. 약속이 잡히지 않으면 백화점에서 쇼핑한다면서 서성거렸다. 결혼을 했지만 지금도 수면등을 꼭 켜놓고 잔다. 어두우면 잠이 오지 않는다. 습관이 된 것이다. 두려움이라는 주제의 책을 읽다 보니 바로 '두려움' 때문이었다. 혼자라는 사실을 외면하기 위한 의도적인 행동이었던 것이다. 늘 타인과 함께 있다는 생각이 들게끔 주변 환경을 만들었던 거다. 이렇게 두려움은 우리 모두의 일상을 지배하고 있다. 이런 두려움을 극복하지 못하면 불안증, 대인기피증, 공황장애 등을 겪게 되는 것이다. 이를 위해 자신의 내면을 들여다보는 게 중요하다. 두려움은 외부에서만 오는 게 아니다. 근원지는 주로 내면이다. 누구든 과거에 대한 공포에 사로잡히는 경우가 있다. 두려움을 외면하려고 노력하기보다는 그냥 있는 그대로 인정하라. 그리고 그 두려움이 어디에서 왔는지 지극히 마음으로 느끼고 살펴라. 그 두려움의 존재를 인정하고 두려움과 친해지며, 더 나아가 두려움이 더 이상 두렵지 않다고 느낄 때 마음의 평화를 얻는다.

# 07

# 좋은 감정은 좋은 일을 끌어당긴다

"죄는 미워하되 사람은 미워하지 말라."라는 명언이 있다. 지은 죄가 없어지는 것은 아니지만, 같은 죄를 반복해서 짓는 일은 고쳐나갈 수 있기 때문이다. 지은 죄가 너무 커서 용서할 수가 없다면 그 죄의 경중을 가리고 합당한 대가를 치르게 하기 위해 법이 존재하는 것이다. 저지른 죄를 그냥 묵살하는 것은 죄를 미워하지 않는 것이다. 한 번 죄를 지었다고 해서 그 사람을 영원히 매도해 버리는 것은 사람을 미워하는 것이다. 나쁘고 싶어서 나쁜 사람은 세상에 하나도 없다.

'머피의 법칙'은 1949년 미국의 에드워드 공군 기지에서 일하던 머피 대위가 처음 사용한 말이다. 어떤 실험에서 번번이 실패한 머피는 그 원인을 무척 사소한 곳에서 찾게 되었다. 그때

머피는 "어떤 일을 하는 방법에는 여러 가지가 있고, 그중 하나가 문제를 일으킬 수 있다면 누군가는 꼭 그 방법을 사용한다."는 말을 했다. 안 좋은 일을 미리 대비해야 한다는 뜻으로 한 말이었지만, 사람들은 일이 잘 풀리지 않고 오히려 꼬이기만 할 때 '머피의 법칙'이란 말을 쓰게 됐다. 반대로 일이 자꾸 잘 풀리는 것은 '샐리의 법칙'이라고 한다. 하루 종일 일이 좀처럼 풀리지 않고 갈수록 꼬이기만 하는 경우, 사람들은 흔히 말한다. "오늘 하루 일진이 사나웠다."라고. 직장생활에서 흔히 볼 수 있는 '머피의 법칙' 사례들이다. 평소에는 지각 한 번 안 했는데 어쩌다 지각하는 날, 사장님이 갑자기 근무부서를 방문하는 날, 일이 너무 바빠서 친구들과의 '카톡 답'을 한꺼번에 보내고 있는데 뒤에 상사가 와서 매의 눈으로 쳐다보는 경우, 오랜만에 남자친구와 영화보기로 약속했는데 상사의 뒤늦은 긴급 업무지침으로 김빠진 날 등 머피의 법칙을 피해 갈 수 없는 것들이다.

작년 이맘때 인간관계를 엉망으로 만든 일이 생겼다. 돌이켜보니 어릴 적부터 고치지 못한 완벽주의 강박증, 미루는 습관과 회피주의로 겪게 된 상처였다. 그 계기를 통해 마음속 나쁜 습관을 개선시키기 위해서 그 이상의 노력이 필요하다는 것이다. 정화해야 할 기억이나 나쁜 습관을 고치지 않으면 계속 반복적인 패턴으로 재현이 되다가 한 번은 크게 당한다. 업식(카르마)은 황소가 이끄는 힘보다 세다고 한다. 불교에서 '업식'이라는 말이 있다. '업식'이란 카르마라고 불리고, '자기 팔자를 꼬는 반복되는 습관이나 행동'을 의미한다. 나의 모순인 '업식'을 녹이기 위해 노력하는 것이 수행이다. 나의 인생에 좋지 않게 작용하는 습관이나 행동을 바르게 고쳐나가는 것이 진짜 마음공부이다.

'아놀드 슈워 제너거의 3가지 꿈'에 이런 내용이 나온다. "일을 시작하기 전에 실패에 대한 나쁜 이미지를 연상하지 말고, 좋은 결과만을 그려 보아라. 그 일이 잘 성취되었을 때의 정경을 구체적으로 또렷하게 그려 보는 것이다." 올림픽의 영웅 칼 루이스는 "출발점에서 벌써 결승점을 상상했다."고 한다. "테이프를 끊고 첫 번째로 결승점을 향해 달려가는 자신의 모습을 생생하게 그리면서 자신감을 가졌고, 어김없이 그것이 실현되었다."고 말했다.

현직 부장검사가 쓴 《검사내전》은 사람 공부, 세상 공부를 전면에 내걸었다. 사람 공부라는 제목이 확 끌렸다. 다음은 책의 내용 중 일부분이다.

'사기꾼은 어지간해서 죗값을 받지 않는다. 사기꾼이 구속될 확률은 재벌들이 실형을 사는 것만큼 희박하다. 설사 구속되더라도 피해자와 외상합의(합의금의 일부만 주고 나머지는 나중에 주겠다고 약속하는 것)를 하거나 할인합의를 하면 구속적부심(피의자의 구속 수사가 합당한지를 법원이 판단하는 절차, 구속된 피의자는 검사가 기소 제기를 하기 전까지 누구나 청구할 수 있다.)이나 보석으로 쉽게 풀려난다. 재판 중에는 피해자 일부에게 합의금을 주는 조건으로 위증을 교사하곤 한다. 그래서 무죄로 빠져나오기도 쉽다.'

'사기 대마왕 할머니는 하이타이를 캡슐로 만들어 조사를 받는 도중 입으로 삼켜 자연스레 입에 거품을 문다.' 가히 수법들이 노벨상감이다.

정신을 바짝 차려도 사기에 속는 이유는 무엇일까…. 우리의 감정이 그것을 원하기 때문이다. 사기에 속은 것은 그것이 사실이기를 바라는 마음이 있었기 때문이다. 인식의 오작동을 낳는 것은 욕심 때문이다.

유럽 문학 최고 최대의 서사시 《오디세이아》의 작자 호메로스는 "만약 인간이 자기 운명보다 더 많은 고통을 당했다면 그것은 신들 탓이 아니라 자기 마음속의 장님 때문이다."고 했다. 고갱은 말했다. "생각은 감각의 노예다. 사람들은 감정대로 행동하고 꼭 합리적이었다고 말한다."

'사기꾼'의 사전적인 정의는 '남을 기만하거나 사기를 치기 위해 가짜 신분으로 위장하는 사람'이다. 피해자는 억울하겠지만, 사기꾼도 사기 칠 사람에게 치지 아무에게나 치지 않는다. 생각의 질이 낮으면 나쁜 감정이 생기고, 그것은 좋지 않은 습관과 행동을 만든다. 그러면서 나쁜 습관은 반복적인 패턴이 되어 악순환이 지속된다. 내 앞의 환경과 인연을 대하는 공부가 부족한 이유이다. 지구의 중력처럼 우리의 생각의 질이 좋아지면 그 질량만큼 좋은 것을 끌어올 수 있는 힘이 생긴다.

애니메이션 영화 〈인사이드 아웃〉에서는 감정 하나하나가 소인격체로 등장한다. 여기에서 강경파와 온건파의 감정을 잘 다루고 있다. 강경파의 감정이 강하게 드러나는 데는 다 이유가 있어서이다. 겉으로 드러나는 감정을 나쁘게만 보지 말고, 그 존재에 대해 궁금해하는 것이 중요하다. 우리는 모든 감정들을 이해하며 받아주고 있는지 생각해 봐야 한다. 부부, 자녀, 형제자매 관계에서 생길 수 있는 온갖 감정들. 어떤 감정은 무조건 조절해야 하고, 비난할 감정이고, 어떤 감정은 착한 감정이라는 식이 아니다. 내 안에 있는 감정 모두가 나를 위해 존재한다는 것이다. 그 어떤 감정도 백해무익한 나쁜 감정이란 없다. 감정을 따로 떼어내 생각하지 않고 가족 시스템의 일부로 바라봐야 한다.

누구에게나 슬픔의 감정은 있다. 위험을 감지했을 때 소심해진 감정과 뭔가 위협이 느껴지거나 싫은 상황이 나타나는 까칠한 감정은 사람을 예민하게 만든다. 나쁜 감정이 나를 해칠 수도 있다. 하지만 이 분노감정은 상대에게 바라는 게 있기 때문에 생기는 것이다. 상대에게 인정받고자 하는 욕구, 관계에 대한 욕구가 있기 때문에 생기는 것이다. 상대에 대한 기대가 없는 상황에서는 분노가 일어나지 않는다. 특히 이런 배경을 토대로 '가족'이라는 구성 내에서 이런 분노의 조절이 힘들어진다는 것을 느낄 수 있다. 내 안의 감정은 기쁜 감정으로만 이루어지는 것이 아니다. 감정 중에 나쁜 감정은 하나도 없다. 모두 나를 칭하는 나의 감정이다. 나의 감정 하나하나 모두 소중하다.

나쁜 감정이라서, 불편한 감정이라서 마음 깊은 곳에 쌓아두지 말자. 진정한 힐링의 시작은 '자기 안에 있는 모든 생각이나 감정, 욕구나 감각들이 지금껏 우리 자신을 위해 존재했었다'는 점을 깨닫는 것이다. 나쁜 감정이 절대로 나쁜 감정으로 끝날 수 있는 것만 있진 않다. 다양한 감정은 자신에게 어떤 사인을 보내는 것이다. 그러면서 또 다른 지점을 만날 수 있게 한다. 마

음속 시스템에서 가족 구성원처럼 유기적으로 관계해서 나를
전적으로 돕는다.

08

# 감정을 억누르려고 하지 마라

'참는 자에게 복이 있나니….' 우리는 참는 것이
미덕인 줄만 알았다. 참는 것이 현명할 때도 있지만 반대로 표
출하는 것이 유익한 경우도 많다. 슬프면 슬프다고, 우울하면
우울하다고 표현하는 게 서툰 사람들은 마음의 병을 방치하고
키운다. 무조건 참기만 하다간 마음이 골병든다. 결국 점점 더
감정 표현에 인색해진다. 특히 슬픔이나 우울함처럼 부정적인
감정은 더 억누른다. 과거 인내를 미덕으로 여기던 한국의 정서
적인 환경 탓도 있다. 요즘시대는 인간관계에서 오는 스트레스
가 주된 요인이다.

삼성화재 강남CS 지점에서 근무할 때이다. 사회 공부, 사람 공
부를 한다는 마음으로 기본 3년을 잡고 열심히 다녔다. 아직도

기억에 남은 고객이 있는데, 다른 동료들은 그분을 '진상'이라고 불렀다. 그 당시 나는 나에게 온 고객들을 사람 공부한다는 명분으로 성심을 다했다. 그때는 나에게 오는 모든 인연들을 다 품을 기세였다. 계약으로 이끄는 것보다는 고객을 나의 사회 공부의 지표로 삼아 내 모순을 공부하는 데 귀한 인연으로 보았기 때문이다. 그 고객은 역삼동 중심가에서 굴 전문 음식점을 하는 사장이었다. 고객정보에 S사 근무이력이 있어서 어느 정도 인성이 된 사람이라 여겼다. 강남 회사에서 멀지 않아 오전 중에 방문약속을 잡고 음식점으로 갔다. 그때 멘토링 파트너인 미모의 선배동료랑 함께 갔다. 여름이었고, 사장은 입구 앞 벤치에 앉아 있었다. 송아지처럼 큰 눈의 눈동자는 전날 밤에 술을 먹었는지 붉었다. 사장은 원래 오후출근인데 나의 방문약속을 받고 오전에 나왔다고 한다. 직원이 아이스커피를 가져오자 마시면서 이런저런 이야기를 나눴다. 1차 미팅을 끝낸 후 나는 '드디어 그동안 사람 공부 얼마나 했나' 실력테스트 시험지가 들어왔구나 싶었다. 그동안 수많은 고객을 만나봤지만 진상 중의 진상이다. 마음에도 없는 생명보험 제안서를 요청해서 야근까지 해가면서 준비했다. 알면서 '네가 이기나, 내가 이기나 두고 보자'는 심정으로 반드시 시험지 통과를 해야겠다는 고집이 생겼다. 고집에서 오는 욕심 때문일까…. 한 달 동안 불만을 다스렸던 나의 마음이 한꺼번에 터졌다. 아주 강한 어조로 진상고객에게 하나하나 집어가면서 잘못을 지적했다. 그리고 홀가분한 마음으로 돌아왔다. 돌아오는 길에 고객이 문자를 보내왔다. "그래도 그렇지, 고객인데 직원들 앞에서 그렇게 대하냐고…." 진상스럽게 대해서 더 할 말도 남아 있지 않았다. 한편, 그동안의 공든 보람이 한꺼번에 사라졌지만 인연을 대하는 나의 반성도 있다. 나의 진짜 인연은 40%고, 30%는 나의 노력으로, 그리고 30%는 그냥 흘러 지나가는 사람이라는 것을 알았다. 전체를 다 품고 포용해야 한다는 욕심을 갖지 않기로 했다. 내 마음의 그릇만큼 하면 된다. 사회 공부하는 중이니 그냥 공부하는 마음으로. 그리고 어떤 상황에서 시험에 걸렸다고 하는 순간, 그 순간 나스스로 시험지에 걸린다는 사실도 알았다.

지금 현대사회에서는 병원에 가도 딱히 진단이 안 나오는 질병들도 많아지고 있다. 속 시원하게 병명이라도 알았으면 좋겠는데, 환자가 느끼는 증상만 보고 오진을 내리는 경우도 많다고 한다. 정신적인 스트레스로 인한 화병은 검진도 안된다고 한다. 동의보감에서의 화병은 기의 순환을 통해 병을 치료할 수 있다고 기술하고 있다. 7기(七氣)는 화내는 것, 기뻐하는 것, 생각하는 것, 슬퍼하는 것, 놀라는 것, 두려워하는 것, 근심하는 것의 7

가지 감정에 의해 기의 흐름이 변화를 받는다는 것이다. 화병은 우울한 감정은 물론이고 가슴 답답함이나 속쓰림, 심하면 호흡 곤란 같은 신체 증상을 함께 보이는 병이다. 눌러 참던 화가 극단적으로 폭발하면 폭력으로 표출될 수 있다고 한다.

감정을 억누르면 어떤 문제가 생기나? 사람의 마음은 압력솥과 같다. 감정 표현을 억누르면 다른 방식으로 폭발할 수 있다. 마음에 차곡히 쌓인 묵은 감정을 발산하지 못하면 결국 터져 버린다. 분노조절 장애와 우울증은 감정 표현을 억눌러서 생기는 대표적인 증상이다. 평소 감정을 참기만 하면 축적된 감정이 폭발해 갑자기 화를 내거나, 작은 일에도 필요 이상으로 화를 낼 수 있다. 또한 반대로 우울증이 생길 수 있다. 생각과 행동이 극단적으로 변하거나, 고민을 잊기 위해 술과 담배가 늘고 도박에 빠지는 형태로 나타나기도 한다. 감정 표현에 인색하다 보면 자신의 감정 상태를 스스로 인지하지 못하는 경우까지 생긴다. 이런 증상은 고스란히 대인관계에 악영향을 끼치며, 부부싸움의 원인이 되기도 한다. 많은 부부싸움이 남녀의 감정표현 차이 때문에 생긴다.

미국 보건과학센터의 실험 결과, 동맥경화증에 걸린 환자 중 소리 내어 우는 사람이 울음을 억누르며 눈물을 흘리는 사람보다 심장마비를 일으킬 가능성이 적은 것으로 나타났다. 눈물은 스트레스 해소에 효과적이고, 인체 면역력을 향상시킨다고 한다. 슬프거나 우울할 때 흘리는 눈물에는 아드레날린이나 코르티졸 같은 스트레스호르몬이 들어 있기 때문에 이를 배출하면 스트레스가 해소되는 효과가 있다고 한다. 억지로 눈물을 참으면 스트레스가 몸속에 쌓여 육체적 · 정신적으로 악영향을 끼친다. 눈물을 흘리면 순간적으로 혈압이 올라가지만, 눈물을 다 쏟고 나면 혈압이 다시 차분해지고 스트레스가 해소되면서 생각이 긍정적으로 변하기도 한다.

감정적으로 받아들인다고 하면 흔히 감정을 폭발하는 유형만 떠올리기 쉽다. 하지만 그 못지않게 '내향적인 감정'이나 '불안한 감정' 때문에 속으로 끙끙 앓으며 마음속에 분노를 담아놓는 사람도 있다. 소위 참았다가 한 방에 터트리는 사람이다. 화나 분노를 모았다가 한 방에 터트리는 사람은 감정이 폭주해서 공황에 빠지기도 한다. '공황'이란 갑작스러운 일에 대응하지 못해 발작같이 맥이 빨라지거나 숨이 가빠지고, 심할 때에는 의식을 잃는 수준까지 아우르는 말이다.

볼프강 아마데우스 모차르트는 "다른 사람이 칭찬을 하든지, 비난을 하든지 나는 개의치 않는다. 다만 내 감정에 충실히 따를 뿐이다."라고 말했다. 예술인처럼 자신의 감정을 매우 섬세하게 표현할 줄 아는 사람이 있는가 하면, 반대로 자신의 감정에 대해 무감각한 사람들도 있다. 선천적으로 감정의 변화가 적을 수도 있으나, 대개 후천적으로 자신의 감정을 지나치게 통제하고 억눌러서 그렇게 변한 경우가 많다. 특히 우리나라와 같은 유교 문화에서 감정은 극히 제한적으로 표현해야만 했다. 감정을 얼굴에 드러내거나 행동으로 표현하는 것은 경박하고 품위를 떨어뜨리는 일로 간주되곤 했다. 반면에 절제와 침착함은 미덕으로 간주돼 군자라면 당연히 갖춰야 할 덕목으로 여겼다. 사극에서 종종 "체통을 지키라."며 흥분한 사람을 억누르는 장면을 볼 수 있는데, 감정을 드러내지 않는 것이 옳고 바른 것이라는 사상이 기본적으로 깔려 있었기 때문이다. 물론 일순간의 감정을 참지 못하고 폭발하는 것이 결코 옳은 것은 아니다. 감정을 주체하지 못하고 내뱉은 말이나 행동은 후회를 불러오기 십상이다. 하지만 그렇다고 해서 자신의 감정을 숨기거나 억누르기만 하는 것은 더욱 위험한 일이다. 지나친 감정의 절제는 우울증이나 분노조절 장애와 같은 정신적인 문제를 일으킬 수도 있다. 특히 분노, 원망과 같은 감정을 드러내지 못하고 억압하는 사람들은 그렇지 않은 이들에 비해 암이 더 잘 생긴다는 연구 결과도 많다. 화가 나는 상황에서도 평정심을 잃지 않는 것은 성숙의 잣대처럼 인식되기도 한다. 감정에 휩쓸리지 않고 냉정한 판단력을 지키는 모습은 일견 어른스럽고 믿음직한 모습으로 보이는 것이 사실이다. 하지만 감정을 드러낸다고 해서 나약한 존재가 되는 것도 아니다. 또한 자기중심적인 사람이 되는 것도 아니고, 미성숙한 인격체가 되는 것도 아니다. 적절하게 감정을 드러내고 표현하는 것은 타인과 더 나아가 세상과 소통하는 첫걸음이다.

인간은 진심으로
서로를 아끼고 사랑할 때 서로 융합이 되어
삶이 충만하고 행복해진다.

# 가끔은 개인적인
# 태도가 나를
# 자유롭게 한다

Emotion

PART

03

01

# 가끔은 누군가를 실망시켜도 된다

사람들은 확신에 차서 진행하던 일이 실패할 때
좌절감으로 힘들어한다. 이미 일어난 현실적인 결과를 있는 그
대로 받아들이면 다시 시작하기 쉽다. 하지만 인간이란 자기 약
점으로 작용할 만한 티끌도 차단하기 바쁘다. 일본의 대표적인
문학가 엔도 슈사쿠는 사람이 사람다울 수 있는 한 가지 요소를
자신의 약점을 인정하는 '열등감'이라고 하면서, 대부분의 사람
들이 이 열등감에 휘둘려 일부러 강해 보이려 행동하거나, 반대
로 지나치게 의기소침해져서 주눅이 들기도 한다고 말했다. 또
한 자신의 있는 그대로의 연약한 점을 인정하고, 자신의 부족한
면을 마주하며 스스로를 이해하고 보듬을 때 지금보다 더 자신
을 사랑하게 된다는 것을 인생의 여러 경험을 통해 자연스럽게
알려주며, 자기 자신을 사랑하게 되는 길로 안내한다고 말했다.

작가학교에서 책 쓰기 수업을 들었다. 동양의 마음공부와 서양의 심리상담, 그리고 사회생활을 통해 사람에 대한 공부가 어느 정도 되었다고 생각했다. 그 경험과 깨달음과 나만의 해결법을 책으로 엮어 내고 싶었다. 나의 분신 같은 책이 나온다는 생각만 해도 가슴이 설렜다. 하지만 막상 초고 쓰기가 시작 되었을 때 엄청난 마음의 몸살이 왔다. 수업방식이 몰입식 방식이라 한동안 적응하는 데만도 시간이 걸렸다. 힘들고 재미가 없으니 두뇌의 회전이 멈춘 듯했다. 내면에서 저항하는 감정도 올라오면서 생각의 파이프에 뭔가가 막힌 기분마저 들었다. 그러면서도 한편으로 내가 왜 이곳에 왔는지 화두가 생겼다. 책 쓰기를 통해 나는 내 안의 나를 깨워야 한다는 직감이 왔다.

난임 병원을 1년 가까이 다니면서 심신이 너무 힘들었다. 나를 누르는 감정들이 지나치게 많았다. 임신에 집중하기 위해서 직장도 그만두었는데, 실망감이 더 컸다. 무엇보다 내 자신에 대한 자존감이 많이 떨어진 상태였다. 그러한 과정에서 책 쓰기는 숨통을 여는 돌파구였다. 한쪽으로 지나치게 치우진 마음에 균형을 찾는 작업이기도 했다. 몰입식의 책 쓰기 수업은 집중력이 중요했다. 나는 마음이 즐거우면 저절로 다 잘된다는 마인드로 여유를 부리며 느리게 갔다. 느리게 워밍업을 하다가 어느 순간

탄력이 붙으면 엄청난 속도전을 낼 거라고 자만했다. 동기들은 미리 강연준비를 위한 교육프로그램을 들어가면서 책 쓰기에 흠뻑 빠져 있었다. 나는 나만의 잣대와 논리를 세우면서 몸이 상하면 안된다는 핑계와 긴 터널 속에서 빠져나온 듯 자유를 만끽했다. 사실 책을 쓰는 과정에서 오히려 건강해진 동기들이 많았다. 해군 출신의 동기에게는 오랫동안 연락을 끊고 살았던 아버지와 관계를 회복하는 기적이 일어났다. 가슴이 찡하면서 진심으로 축하를 보냈다. 마음이 즐거우니 좋은 에너지가 온몸으로 순환되면서 주변이 좋아졌다.

나는 내 안의 나를 또 알아갔다. 나는 나의 기대치보다 결과나 성과가 불만족스럽거나 낮게 나오면 그만 두는 습관이 있었다. 중간에 멈춰버리거나 아예 보류시켜 놓고 대체할 만한 다른 것을 찾는다. 뒷심이 부족하다는 생각이 들었다. 언제부터인가 결과에 대한 두려운 감정이 쌓여가고 있었다. 결과를 지나치게 신경쓰다 보니 조금이라도 실수하면 강한 저항감이 왔다. 그래서 흐지부지 관두는 게 많았다. 늘 새로운 것만 찾아 다녔다. 철저한 준비에 비해 성과를 내는 것에 너무 욕심을 부리다 보니 그 과정보다는 결과에 연연하는 나를 본다. 그것이 하나둘씩 쌓여서 현실에 투사되고 있는 것이다. 이러한 습관은 나의 내면의 부담감과 긴장감으로 작용한다. 마음의 근육도 더 굳어가고 있었다. 늘 어깨근육이 뭉쳐 있었고, 사진을 찍을 때 한쪽 어깨가 너무 올라갔다는 이야기를 많이 들었다. 단 한 번도 몸에 대한 근원의 반응을 찾아보지 않았다. 그때는 몸에 대해 관심도 없었고, 아는 게 많지 않았다. 몸은 내 안의 감정의 신호가 표출된다. 이러한 것은 내면의 감정을 더 억압하는 악순환이 되었다. 몸의 아픈 신호가 불편한 감정의 통증 호소임을 알아차리지 못했다. 늘 긴장하는 마음은 나를 스스로 채찍질하며 가만두지 않았다. 스스로 피곤하게 굴었다. "내 딸이지만 참 까다롭다."는 엄마의 말씀이 귀에 쏙 들어왔을 때도 모르고 지나쳤다. 크게 신경 쓰지 않았다. 까다롭다는 말을 내 관점으로 아름답게 승화시켜 해석했다. 그런 나를 답답해하는 내 감정을 덮어버리고 그냥 앞만 보고 갔다.

나와 인연이 오래된 불자님께서 참선선원에서 불교인문학 강좌를 한다고 초대를 했다. 그당시 공부하고 있었던 선원에서 한계를 느껴 너무 답답한 상황이었기에 흔쾌히 신청을 했다. 첫날에는 마가스님의 마음공부에 대한 강좌가 있었다. 마음방송을 오래하셔서인지 알아듣기 편하게 법문을 하셨다. 답답하고 꽉 막힌 마음의 상태에서 간 곳이라 기대도 안 했는데, 그날 특별한 경험을 했다. 마가스님께서 선원장 스님께 불자님들에게 큰절을 올리라는 미션을 주셨다. 그리고 나서 그동안 답답한 뭉친 감정들이 한꺼번에 터졌다. 그리고 눈물이 왈칵 쏟아졌다. 마가 스님께서 나를 지목하면서 오늘 공부한 소감을 물으셨다. 지금은 정확히 기억이 나지 않지만 하염없이 눈물을 쏟았던 기억이 난다. 그전 선원에서의 눌렸던 감정들이 봇물처럼 터진 거 같았다. 그리고 그날 선원장 스님을 뵙고 자연스럽게 마음공부하는 선원을 옮기게 되었다. 지나고 나니 그전의 선원에서의 감정공부가 소중한 경험이 되었다. 공부를 이끌어 주신 스님께 깊이 감사드린다.

목숨을 내걸 듯이 늘 전투적으로 일을 하는 동료 K에게 어느 날 문득 물었다. "자신에 대해 한마디로 표현하자면 뭔지 궁금해요?" 그녀는 나의 질문에 단박에 "욕심이 참 많다." 라고 대답했다. 나도 여러 이력이 많지만, 그녀 또한 만만치 않았기에 그 말이 이해가 되었다. 그녀는 사람을 끌어들이는 그녀만의 부드러운 매력이 있었다. 사람에 대한 관심이 많은 나는 그 재주와 재능을 이롭게 잘 썼으면 좋겠다는 생각이 들었다. 그녀의 대답속에 '욕심' 이라는 말이 다소 신경이 쓰이긴 했다. 그러면서 일종의 내면의 잠재된 에너지로 받아들였다. 욕심이 없는 사람은 현재에 스스로 만족하면서 담백하게 산다. 현재를 있는 그대로 받아들이면서 순리대로 물 흐르듯이 살아간다.

곱게 단장하시고 눈빛이 따뜻한 노 불자님이 주지스님과의 차 담시간에 하셨던 말씀이 생각난다. "스님~ 저는 매사가 늘 감사 해요. 어제도 오늘도 늘 감사해요. 무엇보다 현재를 만족하면서 살고 있습니다." 주지스님께서 뭐라고 하셨는지 기억은 나지 않 는다. 하지만 앞으로 살아갈 시간보다는 살아온 시간이 많으신 노 불자님의 지나온 삶이 만족한 삶이었다는 마음을 읽을 수 있었다. 지금 생각해 보면 나는 욕심이 많은 쪽이지 현재를 자 족하면서 사는 스타일은 아닌 거 같다. 내게 욕심이란 열정으로 잘 써야 하는 에너지라고 생각한다.

누군가를 실망시키고 싶지 않는 사람은 자기 욕심도 많다. 타고 난 에너지가 많기 때문이다. 하지만 내공과 실력을 갖춰야만 바 르게 쓸 수가 있다. 욕심을 긍정의 열정으로 승화시켜야 한다. 그 과정 속에서 실패라는 경험을 통해 점점 성장한다. 실패의 두려움은 누구든 마음속에 가지고 있다. 두려움은 인간이기에 당연하게 가지고 있는 감정이다. 나 자신에게 특히 실망을 했을 때는 더 타격이 크다. 마음에 직격탄을 맞는 것이나 다름없기 때문이다. 기대가 큰 만큼 실망도 큰 법이다. 욕심은 어떻게 쓰느냐에 따라 독이 되기도 하고, 약이 되기도 한다. 최소한 내 재량만큼 최선을 다했다면 실망도 없다. 나에 대해 객관적으로 평가할 기회이고, 변화라는 또 다른 전환의 신호탄이기도 하다. 솔직히 자신을 인정하고 받아들이자. 기대와 실망의 차이가 큰 만큼 우리 안의 큰 변화를 알게 해준다. 누군가를 실망시켜도 된다. 지구라는 행동별은 나라는 소우주를 성장시키는 거대한 공간이다. 마음껏 실망하고, 실망한 공간만큼 나를 채워 넣자. 내가 나를 잘 알면 내 길도 보인다.

02

# 사람들에게 사랑받기 위해
# 더 이상 무리하지 마라

　　11월 중순경 김장을 하기 위해 전주에서 엄마가 올라오셨다. 형부가 주말농장 텃밭에서 일궈놓은 농산물만으로도 겨울 김장을 하고도 남았다. 형제들과 지인들까지 넉넉하게 나눌 수 있었다. 먹을거리가 풍요로운 지금 시대에도 우리 엄마는 뭐든 넘치게 준비하신다. 친정에 가면 늘 승용차에 한가득 이것저것 챙겨 주신다. 엄마의 기쁨이고, 그래야 마음이 편하다고 하시니 챙겨 주시는 대로 일단은 다 가지고 온다. 40 중반에 아버지와의 사별로 혼자되신 후 아버지 몫까지 자식들을 보호해야 했던 엄마식의 자식 사랑법이었다. 그 마음을 알기에 우리 형제들은 그냥 주시는 대로 토 안 달고 감사하게 가지고 온다. 그리고 엄마의 사랑을 고스란히 마음으로 받아먹는다.

사람은 누군가의 사랑을 먹고 자란다. 그럼에도 우리는 늘 사랑이 고프다. 마음이 고픈 것이다. 하물며 신도 인간의 사랑을 먹고 산다. 서로를 필요로 하는 연결된 존재이기 때문이다. 모든 인간관계에서 문제를 일으키는 원인 중 하나는 감정문제이다. 감정에 대한 처리문제가 인간관계를 무너뜨린다. 그 속에는 어김없이 어린 시절에 충분히 보호받지 못한 애정결핍과 여러 가지 상황과 원인이 복잡하게 얽혀져 있다. 그렇다면 어린 시절 사랑을 충분히 못 받았다는 생각으로 부모나 보호자 탓만 할 것인가! 부모는 사랑을 주었는데 왜 자식은 애정결핍이라고 할까? 부모는 투정만 부리는 자식에게 사랑하는 마음을 왜 몰라주느냐며 철이 없다고 속으로 답답해할 것이다. 하지만 그것은 인간이기에 어쩔 수 없는 착각이다. 상대가 원하는 방식이 아닌, 자기가 주고 싶은 방식으로 사랑을 주었기 때문이다. 어딘가에 자신의 욕심이 들어갈 수 있다는 이야기다. 부모의 욕심이 들어간 사랑은 그 욕심만큼 자식이 부모를 아프게 한다. 부모의 삶의 몫이 따로 있고, 자식의 삶의 몫이 따로 있기 때문이다. 본질의 나로 기준하자면 타인의 인생에 간섭이 들어간 것이다.

그러면 왜 우리는 늘 사랑이 고플까. 그것은 누군가에게 사랑을 주지 않기 때문이다. 누군가는 사랑을 충분히 받은 게 없는데 뭘 주느냐고 말할지도 모르겠다. 받고 싶은 사랑의 양만큼 주는 사랑의 양은 서로 다르기 때문이다. 누구는 그 사랑이 충분하다고 느끼고, 누구는 부족하기만 하다고 느낀다. 각자가 마음으로 느끼는 감정이기 때문이다. 그래서 부모는 같은 사랑을 줬다고 생각하지만, 자식은 저마다 다르게 받아들인다. 그리고 성인이 되어갈수록 부족하다고 느끼는 사랑은 내 안의 나를 더 애정결핍증으로 만들어 간다. 타인에게 사랑을 주려면 내 안의 사랑이 충만해야 한다. 사랑이 가득해서 차고 넘쳐야 한다. 사랑이 결핍된 상태에서는 절대 남에게 줄 수가 없다. 그러기 위해서는 내 안의 마음부터 사랑으로 충만되게 채워야 한다. 그 충만한 마음이 밖으로 퍼져 더 강력해진다. 나를 진심으로 아낄 때 내 안에 사랑이 채워진다. 그래야만이 진실된 마음으로 타인에게 깨끗한 사랑을 심어줄 수 있다. 사랑이 고픈 것은 마음의 성장을 위한 내면의 울림이다. 하지만 사람들은 밖에서 찾으려고 헤맨다. 타인에게 인정받고 칭찬받기 위해 억지 마음을 쓰기도 한다. 조금이라도 섭섭하게라도 하면 금방 어린아이처럼 토라지기도 한다. 나를 아끼게 되면 나를 사랑하게 되고, 나는 못할 것이 없어진다. 자신감이 충만해지고, 새로운 도전에도 두려움이 없다. 못 이룰 게 없을 정도로 마음이 충만해진다. 삶의 관점이 확장되어 아이디어도 샘솟는다.

우리가 어렸을 때는 보호자로부터 사랑을 받고 자란다. 그래서 어렸을 때는 부모님이나 선생님의 영향을 많이 받는다. 그래서 아이들은 자꾸 꿈이 바뀐다. 주변 환경의 변화에 따라 시각이 바뀌기 때문이다. 맹자의 어머니가 자식을 위해 세 번 이사했다는 뜻의 맹모삼천지교는 사람의 성장에 환경이 얼마나 중요한 것인지 알 수 있다. 완벽한 부모는 없다. 즉, 완벽하게 부모의 역할을 하는 사람은 없다. 부모도 자식을 통해 정신적인 성장을 한다. 자식은 부모의 또 다른 모습이기 때문이다. 사랑을 많이 받고 자란 사람은 사랑을 주는 법을 잘 안다는 말이 있다. 부모의 욕심이 들어간 사랑을 받으면 나만 아는 이기적인 사람이 되기 쉽다. 자식은 부모의 거울과도 같은 존재이다. 그것을 통해 부모는 자식과 함께 성장한다. 부모의 영향에서 벗어나 성인이 된 후에 사회적인 인간관계가 자기 성장에 영향을 준다. 직장상사나 동료, 사회적 롤 모델이나, 정신적인 스승이나 멘토를 통해 우리는 성장을 위한 배움을 공부한다. 하물며 절대적인 신의 존재까지도. 우리는 사랑을 갈망하고, 사랑을 받기 위해 나를 드러낸다. 우리는 자신의 마음을 다 알지 못한다. 내 앞의 환경은 내 마음의 투사체이다. 마음이 원인이고, 현실세계의 결과가 내 세상이 되는 것이다.

나는 오랫동안 불교의 마음공부를 했었다. 아름다운 부처님의 마음을 닮아가려고 수많은 수련을 했다. 그때는 마냥 좋아서 공부했다. 진짜 좋아하면 상식적인 수준 이상의 에너지가 나온다. 완전한 몰입의 경지보다는 그저 즐거운 마음으로 마음공부를 했다. 공부 그 자체를 즐기다 보니 자연스레 좋은 일들이 많이 생겼다. 결국 내 안에 부처님을 투사시켜서 나는 나를 사랑하고 있었다. 7년간의 주식투자로 무너진 마음도 차츰 회복이 되었다. 내 앞에 보였던 부처님의 상이 내 마음이 되었다. 그렇게 나는 내 안의 부족한 에너지를 마음공부를 통해 쌓아갔다. 자격지심, 수치심, 죄책감, 열등감, 쓸데없이 끌어안고 있는 상처, 과다한 집착 등 상처투성이가 된 마음이 차츰 치유가 되어갔다. 자기비난과 밖으로 향했던 사랑의 갈증이 점차 내 안에 채워졌다. 그 과정 속에서 나는 늘 부족하기만 했던 공허감의 원인을 알아갔다. 작은 성과보다는 큰 성과를 바랐다. 그동안의 결핍의 공간을 한꺼번에 채우고자 하는 욕심이 컸다. 작은 거에 대한 감사와 사랑이 부족했다.

가수 서영은의 노래 〈혼자가 아닌 나〉에서 다음과 같은 가사내용이 있다.

"가끔 나 욕심이 많아서 울어야 했는지 몰라. 행복은 늘 멀리 있을 때 커 보이는 걸."

사람은 욕심낸 게 있다면 욕심낸 만큼 아픔으로 돌아온다. 욕심을 내니까 내가 아픈 것이다. 상대를 아꼈다면 내가 절대 아플 수가 없다. 내가 부족할 때는 절대로 상대를 위할 수 없다. 사람들에게 사랑받기 위해 더 이상 마음의 아픔을 겪지 마라. 상대를 위한답시고 욕심을 부리며 바르게 상대를 대하지 못한 결과로 내가 상처를 받는다. 내 안의 부족한 사랑을 구하기 위해 밖으로만 헤매는 나를 알아야 한다. 진짜 사랑은 깨끗한 마음으로 그냥 줄 때 빛을 발한다. 내가 너를 위한다는 그 마음의 사랑은 욕심이다. 내가 너를 어떻게 대했는데 그럴 수 있느냐고 불만을 터뜨리지 마라. 그것은 욕심이다. 욕심을 부린 내 마음이 나를 스스로 아프게 하는 것이다. 상대를 사랑하지 못하면 나의 사랑을 줄 수도 없다. 서로의 마음이 교류될 때 비로소 바른 소통을 할 수 있다. 그러려면 우선 외부로부터, 타인으로부터 사랑을 얻어오는 일을 멈추기 바란다. 스스로 나를 사랑하고, 칭찬하고, 격려하는 내 안의 갖춤이 필요하다. 셀프 칭찬과 격려는 잠들어 있는 나를 깨우는 작은 시도이다. 내 말을 잘 들어달라고, 손잡아 달라고, 안아달라고 원했던 나의 내면의 소리의 늦은 자각이다.

외부로부터 받은 마음의 상처와 아픔은 내적 변화의 또 다른 이름이다. 삶의 공허함은 나의 모순을 발견하고 개선해서 내면을 채우고 변화하라는 신호이다. 현실은 그런 내 마음의 표시다. 실수해도 일단은 나를 믿어 주고 격려해 보자. 그래야 자신의 모순을 인정하고 받아들이는 마음이 열린다. 그러면서 죄책감을 떨치고 홀가분한 마음으로 성장을 지속할 수 있다. 내 안의 나와 하나가 될 때 마음은 즐겁다. 자신을 진심으로 사랑하면 자신을 사랑하는 법을 배운다. 그것이 타인을 사랑하는 마음으로 이어진다. 너와 나는 연결된 존재이기 때문이다.

외부의 사람들에게 사랑받기 위해 더 이상 애쓰지 마라. 부모와 자녀, 부부 사이에서도 일반적으로 희생했다는 생각은 상대를 원망하고 탓하게 만든다. 내 안의 사랑이 부족한 상태에서는 욕심이 들어간다. 결국은 욕심만큼 상대로부터 상처를 받는다. 자기 내부의 충만한 사랑의 마음이 선행되어야 한다. 그래야 나를 지키고 상대와 통합할 수 있다. 내 자신이 받고 싶은 사랑을 찾길 바란다. 인간은 진심으로 서로를 아끼고 사랑할 때 서로 융합이 되어 삶이 충만하고 행복해진다.

## 03

# 가끔은 개인적인 태도가
# 나를 자유롭게 한다

흔히 이기적인 사람은 상대에 대한 배려 없이 손해는 절대 안 보면서 자기 실속부터 챙긴다. 공동체 생활에서 얌체족으로 찍히면 여간 불편한 관계가 아닐 수 없다. 자기부터 먼저 챙기는 사람이 결코 나쁜 것은 아니다. 다만, 타인에게 어떠한 피해를 입힌다면 언젠가는 볼멘소리를 듣게 될 것이다. 착한 병에 걸린 사람들이 있다. 그것은 자기를 돌보지 못하고 자기 관념으로 내세운 지나친 배려에서 생긴다. 그들은 매번 당하는 역할을 하면서 상대의 이기적인 태도에 억울한 울분을 쏟아낸다. 마음의 상처는 이렇게 자기식의 관념으로부터 시작된다.

형제가 많은 집안의 맏이로 태어난 언니는 어렸을 때 양쪽 집안의 사랑을 한 몸에 받았다. 언니가 대학에 다닐 때 아버지가 갑자기 돌아가셨다. 엄마는 아버지의 큰 빈자리를 언니와 함께 채워 나가셨다. 엄마는 아버지를 멀리 떠나보낸 큰 고통과 시련으로 오랫동안 힘들어하셨다. 자식만을 생각하면서 하루하루 마음을 단단히 세워가면서 사셨다. 그 옆에는 늘 집안의 버팀목이 된 언니가 함께 있었다. 막내로 태어나 어려움 없이 자란 엄마는 이렇게 세월의 깊이만큼 진짜 강한 엄마로 바뀌어 갔다. 전주로 이사를 한 후 작은 마트를 운영하시면서 엄마는 다소 활력을 얻으셨다. 바쁘게 사시니 아버지에 대한 생각도 덜 하게 되고, 엄마의 복잡한 마음도 점점 정리되어 갔다. 중간 서열인 나는 엄마와 언니가 알아서 해주는 걸 당연히 받고 자랐다. 상황은 잘 기억이 안 나지만, 친동생한테 "언니는 착한데 자기만 아는 이기적인 사람이다."라는 소리를 들었다. 겉으로 듣기에는 다소 모순 같기도 한, 착한 건 뭐고 이기적인 건 뭘까….

고향친구 J는 간호학을 전공했다. 전라도 광주에서 간호사로 일하다가 결혼과 동시에 회사를 그만 두고 서울로 올라왔다. 그 당시 나도 안양에서 직장생활을 하고 있었다. 친한 친구가 가까운 서울로 이사를 하니 기분이 좋았다. 기대만큼 자주 보지는 못하고 통화만 가끔 했다. 편안하게 전업주부로 살던 친구가 어느 날 취직을 했다. 친구의 시아버님이 편찮으셔서 함바집을 운영하던 시어머니가 일을 그만두신 것이다. 그리고 시부모님과 함께 살게 되었다고 한다. 시어머니랑 교대로 시아버님의 병수발을 했다고 한다. 결혼식 때 친구 시어머니를 뵈었었다. 순박하고 착하디착한 내 친구가 남아날까(?) 생각했었다. 시부모님이랑 함께 살면서 시어머니와의 관계가 조금씩 불편해지기 시작했다고 한다. 시아버님의 병수발로 시어머니의 스트레스가 많았기 때문이다. 그 무렵 우연히 집근처 사회복지센터에서 시간제 근무를 하게 되었다고 한다. 대학에서 정신보건간호 전공과 병원근무 경력을 인정받아 다음날 바로 출근을 했다. 시간제 근무이지만 친구도 숨통이 확 틔일 만큼 좋았다고 한다. 시어머니랑 마음의 공간적인 여유가 생겼기 때문이다. 오히려 친구보다 살림도 야무지게 하셔서 친구도 자연스럽게 직장에 자리잡게 되었다. 1남 1녀를 둔 친구는 오히려 자기보다는 시어머니가 육아도 확실히 더 잘하신다고 했다.

그러다가 친한 고향친구랑 셋이서 강남에서 만나기로 했다. 간만에 만나는지라 아침부터 기분이 좋았다. 여유롭게 점심때 친구 J랑 M을 만났는데 깜짝 놀랐다. J가 쌍꺼풀 성형을 하고 나온 것이다. 그것도 아주 무섭게 말이다. 얼마 안되었는지 눈의 붓기가 아직도 남아 있었다. 붓기가 빠지면 자연스러워질 거라는 말과 함께. 한참 이야기가 무르익을 무렵 친구가 입을 열었다. 사실은 시어머니랑 대판 싸우고 분가한 후 친구가 상담실장으로 있는 성형외과에서 쌍꺼풀 수술을 했다고 한다. 눈은 마음의 창이라, 마음에 큰 변화가 있었나 보다. 나의 순박한 친구한테는 큰 변화였다. 순종파 며느리로 살아온 친구에게는 큰일이었을 것이다. 시아버님이 돌아가시고 홀가분하게 분가까지 단행할 정도면 친구도 참 오래 버텼다. 다행히 분가 후 고부간의 입장과 관계가 더 좋아졌다니 다행이다. 붓기 가득한 눈이었지만 친구는 너무 자유로워 보였다. 친구 M의 여우같은 며느리 되기 실전수업을 들으면서 우리는 또 한바탕 웃었다. 각자의 기질이 다르기에 인생은 역시나 정답이 없다. 저마다의 방법을 알고 지혜를 터득하면서 성장한다. 나 또한 결혼하면서 며느리 입장이 되고 보니 친구의 일탈과도 같았던 그날의 사건이 새삼 떠올랐다. 지금 친구 J는 전주에서 간호대학 교수로 있다. 또한 그녀의 시어머니는 자랑스러운 며느리를 늘 칭찬하는 입장이 되었다.

나는 되도록 중립적인 포지션을 취하는 걸 좋아했다. 친구들이나 타인들의 고민을 진지하게 듣고 조언해 주는 것을 좋아했다. 마음공부와 심리상담을 통해 사람들은 자기 이야기를 잘 들어주는 것 자체로도 충분히 마음이 치유되는 것을 알았다. 부탁하지 않는 조언을 서둘러서 말해 줄 필요도 없었다. 왜냐하면 사람이 마음의 통증을 누군가에게 말할 정도면 이미 오래전에 진행되고 있었던 것이다. 어느 한쪽만을 보고 처방전을 급하게 내리면 임시처방밖에 될 수 없다. 자신이 충분히 끄집어 낼 수 있도록 기다려 주는 것이 중요하다. 그리고 정체되고 굳어버린 마음을 열거나 녹일 수 있는 사랑의 기술이 필요하다. 사람마다 기질이나 체질이 다르기에 사람에 대한 관찰과 관심이 지속되어야 한다.

나이가 들면서 언제부터인가 타인의 시선에 신경 쓰는 게 많이 줄어들었다. 마음공부와 심리상담을 통해서 나에 대한 내부 관심이 더 커진 덕분이다. 남들보다 감이나 촉이 빠른 이유도 논리적으로 알게 되었다. 잘 쓰면 큰 장점이 되지만, 잘못 쓰면 오해나 큰 오류를 범할 수도 있다. '당한다' 고 생각하면 기분이 상하고 무기력해진다. 하지만 그것을 통해 자신의 부족함을 알고, 그것을 채우기 위한 자기변화로 생각하면 뜻밖의 가치를 얻을 수 있다.

나는 우연히 책 한 권과의 인연으로 불교와 인연을 맺게 되었다. 거기에서 내 안의 욕심을 내리라고 해서 욕심을 많이 내리려고 노력했다. 몸과 마음이 무너졌기 때문에 정체되고 갇힌 상태였다. 그냥 뭔가를 깨닫기 위해서 불교와 인연을 맺게 되었다고 생각했다. 불교의 편안한 정서도 나와 감정코드가 맞았다. 새로운 환경으로의 전환은 나를 다시 움직이게 했다. 주식의 세계에서 갇히고 정체되었던 삶에서 불교라는 새로운 세계로의 변화가 시작되었다. 인간의 뇌는 익숙한 것을 좋아한다. 좌절과 실망을 자주 경험하면 시도조차도 못하는 불안감이 잠재되어 있다. 불교에서의 배움은 그러한 나의 멍든 가슴을 열어 주었다.

나는 좋은 사람 콤플렉스가 있었다. 마음공부를 하고부터 더 그런 거 같다. 갈등 문제를 해결해 주었다. 이편도 저편도 아닌 늘 중립적인 나만의 기준점을 가지고 해결사 노릇을 했다. 타인의 일방적인 강요나 요구에 쉽게 순응하거나 흔들리는 사람도 아니었다. 반면 내 자신의 느낌이나 욕구는 억압하기 바빴다. 참는 게 능사는 아닌데, 일단 인내라는 이름으로 올라오는 감정을 강하게 눌렀다. 그럴 때면 내면은 더 크게 위축돼서 우울한 감정마저 들었다. 잘 화를 내지 못하고, 솔직한 생각과 감정을 잘 표현하지도 못했다. 사람들에게 늘 좋은 말만 하려고 했다. 친절한 누나처럼, 언니처럼 바른 사람 같이 보이려고 했다. 타인의 기분도 잘 살피는 편이었다. 원만한 인간관계를 유지하는 편이었다. 비굴하기도 싫었고, 아쉬운 소리도 안 하는 편이었다. 좀 더 완벽해지려고 했고, 비난이나 평가에는 매우 민감했다. 자기관리를 잘하는 편이었다. 반면 내면은 끊임없이 피곤하고 까다롭게 굴었다. 가족 중 누군가가 지적이라도 하면 상처를 받고 그냥 넘어가지 않았다. 그리고 평정심을 찾을 때는 늘 죄책감으로 자책했다. 마음공부를 하면서 나의 가치는 나라는 것을 깨달았다. 그동안 다른 사람을 통해 나의 가치를 찾으려고만 했다. 강하게 누르고만 있었던 나의 감정을 살피지 못했다. 이제는 나를 최우선으로 생각하며 위로하고, 이해하려고 노력한다. 누구보다도 자아가 강했던 나를 다시 돌아봤다. 나를 깊이 알아갈수록 나의 가치가 서서히 드러난다. 사람은 누구나 다 귀하다. 모두다 군자다. 삶의 지평을 넓혀서 충만하게 살자. 나라는 세계에 한정을 두지 말자. 어제보다 오늘 더 성장한다는 마음이면 충분하다. 세상에 완벽한 사람은 없다. 그래서 삶은 늘 새롭고 즐겁다. 스스로를 사랑하고 존중하는 마음이 내 영혼을 자유롭게 한다.

04

# 남보다 나 자신이 더 중요하다

살아가면서 누구에게나 한 번쯤은 자신의 존재감을 상실한 듯 느껴지는 시기가 찾아온다. 자신을 아끼고 존중하는 마음도 줄어든다. 그러면서 내 자신이 한없이 더 작아 보인다. 자존감을 상실한 상황이다. 방치하면 자칫 심각한 무기력에 빠질 수도 있다. 더 깊이 정체되고 빠져들면 심각한 마음이 감기인 우울증까지 올 수도 있기 때문이다. 현대인은 내외적으로 심각한 마음의 영양실조를 겪으면서 살아가고 있다.

꽤 잘 나가는 인테리어 전문가 M은 결혼과 동시에 과감하게 직장을 그만 뒀다. 일은 언제든지 다시 시작할 수 있지만, 2세는 건강과 시간이라는 제한을 받기 때문이란다. 결혼 후 1년이라는 시간을 공들인 결과 M은 건강한 2세를 임신했다. 지금은 슬하에 두아이를 두고 있다. 아기 키우는 재미에 푹 빠지다 보니 7년이라는 세월이 금방 가더란다. 둘째가 아직은 어리지만 이제 슬슬 자기 일을 찾고 싶단다. 결혼 전에 했던 인테리어에 관한 일을 다시 시작해 보려 해도 막상 뭐부터 해야 할지 막막하단다. 왜냐하면 그동안 트렌드도 많이 바뀌었고, 경력이 단절되니 막막한 기분마저 든다고 한다. 꽤 잘 나갔던 시절이 있었는데, 지금은 누구 아내, 누구 엄마가 더 익숙해졌단다. 아이가 점점 성장할수록 엄마의 존재도 커지지만, 나라는 존재는 사라지는 기분이 든다고 한다. 그래서 아이를 위해서도, 나를 위해서도 일을 시작하고 싶다고 했다. 나는 지금부터 조금씩 사회를 다시 배우는 시간을 안배해 보라고 말해 주었다. 초심으로 돌아가서 다시 시작하면 된다고 했다. M은 흔쾌히 받아들이면서 마음이 한결 가볍고 자유로워졌다고 했다.

앞으로의 우리 아이 세대는 부모와 사회가 함께 키우는 시대이다. 때문에 부모도 사회에 대한 역할이 커지고 있는 시대이다. 실력 있고 역량 높은 여성들이 집안에만 묶여 사회적인 역할을 제대로 수행하지 못한다면, 자식 세대에게 사회 부모로서의 역할도 못하고 있는 것이라 할 수 있다. 무엇보다도 나 자신의 성장을 위해서라도 삶의 점검이 필요할 때가 온다. 그때가 변화의 시점이기도 하다. 삶은 나에게 공부하는 시간도 주지만, 그 배움의 깨달음을 사람에게 잘 쓰라고 알려주는 때도 온다. 그때는 삶의 변화가 필요한 시점이다. 내 마음에 필요한 에너지가 무엇인지 내 안을 살펴야 한다. 부족한 것은 채우고, 지나친 것은 좀 비워서 삶의 균형을 맞춰가야 한다. 그래야 건강한 자존감이 생기고, 가족에게도 좋은 에너지로 흘러간다.

우리는 사회생활을 하면서 상사, 동료, 고객이라는 이름으로 크고 작은 상처를 주고받는다. 바쁘게 쉼 없이 돌아가는 업무와 긴장되는 인간관계에서 마음의 상처를 입어도 적절히 누르면서 하루를 반복적으로 보낸다. 그리고 제때 풀지 못한 감정의 억압과 업무적 스트레스가 정신적인 폭주를 일으킨다. 나를 성장시키기 위한 직장이 나를 가두고 잃어버리게 만든다. 회복하기 힘들 정도로 나의 정체성을 잃고 나서야 비로소 내 상처를 바라보게 된다. 직장인들이 특히 민감하게 반응하는 것이 연봉이다. 승진에도 영향을 주기 때문이다. 그리고 입사동기인데 나보다 월급이 조금이라도 높으면 편도체가 생존위험의 경보를 보낸다. 뇌에서 아주 중요한 역할을 하는 편도체는 두려움과 공포로부터 나를 보호해 주는 일종의 공포탐지기이다. 우리 뇌에서 기억과 감정을 묶어서 하나의 정보로 저장하는 곳이기도 하다. 편도체는 기억을 주로 담당하는 해마의 끝부분 양쪽에 달려 있다고 한다. 감성적 메시지를 보내는 역할뿐 아니라 당신을 위험에 빠뜨릴 수 있는 것들을 감시하는 역할도 수행한다. 5살의 아이처럼 무조건적인 사랑에 익숙한 편도체는 남보다 사랑을 덜 받는다고 느끼면 극도로 절망감을 느낀다. 특히 두려움에 대한 공포 반응은 편도체를 통해 뇌의 다른 부분에 정보를 전달하여 도전 또는 회피 반응을 유발하게 한다. 편도체는 위험을 싫어하고 미지의 영역을 경계한다. 특히 변화 같은 낯선 것을 싫어한다. 우리가 변화에 대한 두려움과 공포심을 느끼는 것은 그러한 이유에서이다. 두려움을 관장하는 게 바로 이 편도체이다. 몸은 위험 회피의 신호로 받아들인다. 우리는 나 자신을 보호하고 사랑할 의무가 있다. 어떤 상황에서도 나 자신을 보호하는 게 먼저이다. 마치 부모가 어떠한 상황에서도 전적으로 자식편이 되어 주듯이 말이다.

두려움과 분노는 사실 자기보호의 감정이다. 우리가 화를 내는 이유는 두렵고 생존에 필요하기 때문이다. 화가 날 때마다 내가 진정으로 두려워하는 것이 무엇인지 살펴보고, 일어나는 감정에 대해 솔직하게 말하는 것이 문제를 해결하는 방법이다. 지금 일어나고 있는 감정 상태를 알아차리는 것이 중요한 관건이다. 우리는 스스로의 나와 내면의 화해를 할 필요가 있다. 건강한 마음의 평화를 위한 일종의 과정이다. 그러면 전보다 스스로를 더 사랑하게 된다. 완벽하지 않은 나의 모습도 인정하게 된다. 근거 없이 잘난 사람과 비교했던 자격지심에서 빠져 나올 수 있다. 마음의 공간이 확장될 때 남들에게는 없는 더 중요한 것을 발견하게 될 것이다. 남들과 비교해서 시기하고 질투하지 마라. 저마다 소질과 재능을 가지고 우리는 태어났다. 지금 현재에서 나를 갖추다 보면 어느새 다시 태어난 자신을 보게 될 것이다.

마음공부 인연으로 만난 도반 H는 어린 시절부터 남을 먼저 배려하는 편이었다고 한다. 내가 손해를 좀 보더라도 남들에게 싫은 소리 안 들으려고 열심히 노력했다고 한다. 어렸을 때 부모님이 이혼을 하셔서 홀어머니 밑에서 자라다 보니 남들에게 일종의 바른 사람 이미지를 심어주게 되었다고 한다. 하나씩, 둘씩 자신의 감정을 숨기며 억압하고 있다는 걸 모르고 살았단다. 그러다가 믿었던 사람에게 마음의 상처를 크게 받았다고 한다. 잘 쌓아놓은 마음의 탑이 한꺼번에 우르르 무너지는 느낌을 받았다고 한다. 스스로에 대한 깊은 고민이 많아지자 무기력까지 와서 감당하기 어려웠단다. 그래서 마음의 안정을 찾다 보니 자기 정서와도 맞는 불교를 찾게 되었다고 한다. 오롯이 기도하는 마음으로 자신의 내면을 보게 되었단다. 그리고 타인의 시선과 관점을 지나치게 신경 쓰며 살아왔던 자신이 아프게 드러났다고 한다. 서러움과 외로움들이 한꺼번에 분출하면서 눈물이 솟구쳤다고 한다. 몇 번의 반복된 눈물정화로 마음이 훨씬 자유로워졌다는 것이다. 그리고 지금 현재의 삶에 집중할 수 있는 힘이 생겼단다. 또한 남들의 칭찬과 반응보다는 자신의 내면의 소리를 느끼면서 받아들이는 마음이 열렸다고 했다. 누구에게나 좋은 사람이고 싶었던 H는 이제 그 욕심을 내려놓기로 했다. 그리고 내 주변에 좋은 사람만 있을 수 없다는 것을 인정하게 되었다.

자존감은 자기 가치를 스스로 인정하며 자신을 아끼고 존중하는 마음이다. 어느 분야가 되었든 내가 잘하는 것이 있다. 나를 잘 아는 것이 진짜 공부다. 나 자신과 자주 소통하고, 현재 인연과 잘 지내는 것도 좋은 방법이다. 내가 그토록 신경 쓰는 타인은 사실 나의 삶에 생각보다 관심이 없다. 현대사회는 각자의 인생을 살기에도 참 바쁜 세상이다.

살다 보면 특별한 이유도 없이 힘이 나지 않을 때가 있다. 왠지 모르게 마음도 지치고, 의욕도 전혀 나지 않는 시기는 누구에게나 찾아온다. 그럴 때 나는 이렇게 말해 주고 싶다. 내 마음이 상할 정도로 세상을 너무 애쓰며 살지 말라고. 또한 마음의 담

금질을 통해 삶의 필요한 에너지를 얻는다는 생각을 내어 보자. 그러면 주어진 환경도 기꺼이 받아들이는 담담한 마음이 저절로 생긴다. 그것이 지구라는 행동별에서 우리가 어른이 되어가는 과정이기도 하다. 그래서 지금의 삶이 완벽할 수 없다. 때론 실수할 때가 있고, 그 실수를 통해 배워간다는 마음의 여유를 갖자. 모든 사람으로부터 좋은 평가를 받지 않아도 괜찮다. 사람마다 삶의 관점이 다르기 때문에 그건 나만의 욕심일 수 있다. 자기 자신을 믿고 최선을 다하면서 결과를 겸허히 받아들이자. 그래야만 행복한 마음으로 자신을 보살피고 돌볼 수 있다.

## 05

# 다 받아들이는 착한 마음을 내려라

시대에 따라 착하다는 개념이 많이 바뀐 거 같다. 오늘날의 시대는 분별력이 없이 바보처럼 행동하는 것을 비꼬는 말로 표현하기도 한다. 법 없이도 살만큼 남의 말을 잘 들어주고 양보하는 것도 많아 늘 손해만 보는 사람들이다. 그래서 착한 사람이 더 아프다. 아프다는 것은 모순된 습관의 변화가 필요하다는 것이다. 잘못된 모순으로 살기 때문에 아프게 해서 삶을 살아가는 방식을 바꾸라는 마음의 메시지이다. 냉혹한 현실에 잘 적응해서 살기 위한 냉철함과 분별력이 필요한 사람들이다.

《거짓말하는 착한 사람들》의 저자 댄 애리얼리는 이렇게 말했다.

"사람들은 아주 조금씩 부정행위를 저지름으로써 부정행위를 통한 이익을 보면서도 동시에 자기 자신을 합리화할 수 있는 능력을 갖고 있어 스스로를 꽤 착한 사람이라 여기고 있다고 주장한다. 다른 사람을 속여서 이득을 얻고자 하는 욕구와 다른 사람이 자신을 정직한  인물로 봐주길 바라며, 스스로 자신을 부끄럽게 바라보고 싶어 하지 않는 욕구 사이에서 줄타기를 하고 있지만, 부정행위에 대한 유연적 판단을 통해 사소한 부정행위를 저지르며 이익을 얻으면서도 스스로를 괜찮은 사람으로 보고 있다는 것이다. 이와 같은 부정행위는 반복 될수록 대담해지며, 주위 사람에 대한 전염 효과도 강하기 때문에 작은 부분에서라도 가볍게 여기고 지나쳐서는 안된다. 기업의 파산은 몇몇의 잘못된 의사 결정과 범죄적 의도를 지닌 썩은 사과에 의해서도 일어나지만, 숱한 사소한 부정행위가 결합되어 어느 순간 걷잡을 수 없이 무너져 내릴 수도 있기 때문이다. 따라서 스스로에게 부정행위에 대한 정당성을 부여하는 인지적 유연성에 대한 연구를 통해 부정직함 및 부정행위에 맞서 싸울 수 있는 보다 효율적이고 실천적인 방법을 모색하는 것이 시급하다."

대부분의 사람들은 자신을 다른 사람보다는 상대적으로 선량하다고 생각한다. 자신의 마음이 병들어도 남들에 대한 자신의 착한 이미지에 먼저 신경을 쓴다. 그것이 강박관념이 돼  버리면

'착한 사람 콤플렉스' 라는 증상이 발생하게 된다. 대인관계도 원활하지 못해서 결국에는 자신을 공격하는 악순환을 겪는다.

나는 친구들 사이에서 제법 언니노릇을 했다. 늘 고민을 들어주는 상담역할을 해주고, 제법 그럴싸한 조언도 종종 해주었다. 불교에 입문하고부터는 보살도를 행하라는 법문을 많이 들었다. 늘 사람들에게는 부처님의 자비를 행해야 한다고 스스로에게 새겼다. 하지만 온전히 받아들이는 것이 쉽지 않았다. 바른 분별을 할 수 있을 정도로 공부된 게 아니었기 때문에 오직 믿음으로 갈 뿐이었다. 이해할 수 없는 일들을 받아들여야 할 때는 조금 곤욕스러웠다. 나는 뭐든 이해가 안되면 파고드는 기질이 강하다. 간혹 그것이 공부의 걸림돌이 되기도 했다. 그 과정 속에서 많은 배움과 깨달음이 왔다. 무조건적인 자비는 상대를 더 어렵게 한다는 것도 알았다. 그 깊이나 근원을 보지 못하고 처방을 내렸을 때 부작용이 온다는 것도 알게 되었다.

우리는 자기가 세워 놓은 계획대로 흘러가길 원한다. 하지만 삶이 어찌 내 뜻대로만 되던가! 뜻밖의 상실감, 도저히 해답이 안 보이는 문제들, 원치 않은 환경들 속에서 우리는 방향성을 잃기도 한다. 특히나 아무 분별없이 다 받아들이는 착한 사람은 남들보다 더 아프다. 화병에 걸릴 확률도 더 높다. 온전한 받아들임이 아닌, 마음속에 억눌린 저항감을 안고 참고 있기 때문이다. 이해가 안되어도 희생하며 고통을 참는다. 누구에게나 고통은 있다. 우리는 공통의 문제를 안고 있는 하나된 존재이다. 또한 삶에서 행복을 추구해야 할 귀한 존재이기도 하다. 내가 손해 보지 않으면서 남한테도 피해를 주지 않는 삶이 진짜 착하게 사는 것이다. 가만히 있으면 가마니인 줄 알고 남을 등치려는 사람은 어딜 가나 꼭 있다. 내가 손해를 본 만큼 상대는 이득을 얻는다. 그럼 이 사람은 버릇이 나빠지고, 사회에 악영향을 끼치게 된다. 그 나쁜 버릇이 사회에 계속적으로 안 좋은 영향을 주게 된다. 나를 바르게 세우는 공부가 필요하다.

심리상담 일을 하는 중에 어른들의 고민으로 직장과 진로문제가 가장 많았다. 대부분은 현재의 직장이 자기 적성과 잘 맞지 않다는 이유이다. 특히나 인간관계에서 오는 갈등이 생각보다 많았다. 삶을 바라보는 관점에서 오는 이해관계 차이다. 자기이해가 부족한 사람은 타인의 가벼운 말에도 크게 상처를 받는다. 말에는 힘이 있고 강한 에너지가 실려 있기 때문이다. 몇 번의 전화로 상담을 진행했던 Y는 서비스업에 종사한다. 지금의 영업은 자신의 성격을 좀 더 개선하고 싶어 스스로 선택한 하나의 방편이었다. 처음에는 꾸준히 1년에서 길어도 3년의 경험을 쌓으면 뭐든 잘할 수 있을 거 같았다고 한다. 공부를 더 해서 연구원이나 안정적인 직장에 들어가고 싶었지만 그럴 형편이 안 되었다. 선배의 추천으로 일단 취업부터 했다고 한다. 원래 누군가의 부탁에 거절을 잘 못하는 자신의 성격도 바꾸고 싶었단다. 그런데 그것이 지나친 자기 욕심이었을까? 1년도 안 돼 인간적인 스트레스가 극에 달할 때 우연히 나의 글을 보고 전화를 했다고 한다. 실제 Y는 자신의 현재 업종인 영업이 기질적으로 잘 맞지 않는 거 같다고 인정했다. 영업은 사람을 공부하는 업종이기도 하다. 자기 공부를 다양하게 할 수 있는 생생한 현장학습의 곳이기도 하다. 처음부터 너무 무리하게 자신을 180도로 바꾸고자 했던 욕심을 내려놓기로 했다. 그리고 얼마 동안 마음의 여유를 두고 흐트러진 마음을 재건하는 작업부터 하기로 했다. 살아온 날보다 앞으로 살아갈 날들이 많기에, 지금 멈추는 이 시간이 다행스럽다고 했다. 우리가 어떤 삶의 방향점에서 추세를 전환할 때 원래대로 회귀하려는 성질을 이겨낼 수 있는 변곡점을 빨리 만들어야 한다. 그러기 위해서는 잠시 쉬어가는 휴식이 필요하다. 착한 사람이 될 필요가 없다. 어떤 면에서는 삶의 둔감함이 필요하다고 말하고 싶다. 거절도 마음의 근육이 필요하다.

내가 인생에서 다 받아들이는 착한 마음을 내었던 것은 불교의 마음공부를 할 때였다. 경제적인 풍요로움을 쫓다가 주식으로 7년이 넘는 수행을 거쳤다. 희망이 컸기에 절망도 점점 깊어지고 헤매는 시간이 길어졌다. 마음과 몸의 균형이 깨진 후 마음의 재건을 위한 인연이 바로 불교였다. 불교와의 인연은 경제학과 마음학과 과학이 융합된 너무나 즐거운 공부였다. 그때 온전히 모든 것을 다 받아들이는 착한 마음을 내었다. 그렇게 온전히 마음을 내서 흡수하니 자연스럽게 다른 공부 인연으로 흘러가는 것을 경험했다. 결과적으로는 그 과정 속에서 내가 살면서 갖추어야 했던 공부들을 하나씩 채워갔다고 생각한다. 목표가 높으면 노력으로 실력과 내공을 갖추어야 한다. 욕심부터 앞세우면 결국 스스로 자신을 치게 된다. 나의 부족함을 인정하고 인간의 불완전한 존재를 인식해야 앞으로 나갈 수 있다.

자신의 욕구나 소망을 억압하는 행동을 반복하는 '착한 사람 콤플렉스'는 좀 더 세상에 냉철해지라는 의미다. 중국에서 가장 신뢰받는 상담 심리가인 무옌거는 "원칙 없는 선량함은 호구짓일 뿐이다."라고 말했다. 약한 내면을 들키지 않으려고 착한 척, 괜찮은 척하지 말자. 모르고 당하는 건 착한 게 아니다. 분별을 바르게 해서 바른 행동을 하는 사람이 이 시대에 필요한 진짜 착한 사람이 아닐까? 옳고 그른 것들을 분별하는 것은 교육을 통해서만 가능하다. 내가 가지고 있는 세상뿐만이 아니라 우리 모두가 함께하는 세상이 펼쳐질 때 가능할 것이다. 우리는 사람을 바르게 대하는 공부를 통해 노력하고 바른 분별을 키워야 한다.

06

# 당당하게 거절하는 사람이 되라

이의를 제기하는 사람이 없으면 반대 의견이 없다고 간주하는 심리를 '애빌린 패러독스'라고 한다. 한 집단의 결정이 그 어떤 구성원도 원하지 않는 방향으로 이루어지는 역설적인 상황을 뜻하는 말이다. 구성원들은 집단의 의견에 반대하는 것이 잘못이라고 생각하기 때문에 자신의 의사와 다른 결정에도 마지못해 동의하게 되는데, 알고 보면 모두가 같은 생각으로 원하지 않는 결정을 내린 것이다. 이 현상은 제리 B. 하비(Jerry B. Harvey) 조지 워싱턴 대 경영학과 교수가 자신의 논문에서 설명한 것으로, 그는 이 논문에서 다음과 같은 사례를 언급한다.

미국 텍사스 주에 사는 한 가족이 있다. 어느 여름날 장인이 왕복 4시간이 걸리는 애빌린으로 외식을 하러 가자고 제안한다.

모두가 동의하고 길을 나서나 애빌린으로 가는 차 안에는 에어컨이 없어 무척 더웠고, 긴 시간을 먼지에 시달려야 했다. 멀리 온 가게의 음식도 좋지 않았다. 돌아온 가족들은 하나둘 불평을 털어놓는데, 알고 보니 애초에 애빌린에 가고 싶었던 사람은 아무도 없었는 데도 다른 가족들이 가고 싶어 한다고 생각해 외식에 동의했던 것이다.

하비 교수는 이 현상을 구성원들이 문제 해결 과정에서 자신의 의견을 분명히 표현하지 않기 때문에 일어나며, 그 이면에는 집단의 의견에 반대했을 때 되돌아올 불이익을 두려워하면서 집단으로부터 소외되기를 꺼리는 심리적 현상이 숨어있다고 설명했다.


얼마 전 전철을 타기 위해 기다리고 있는데, 교복을 입은 예쁘게 생긴 여학생이 다가왔다. 상냥한 말투로 내게 말을 걸어온다. 재능기부 단체에서 봉사 활동하는 학생이라면서 작은 복주머니 열쇠고리를 꺼낸다. 어려운 형편의 아이들을 돕는 데 쓰인다고 복주머니 하나 사달라고 부탁한다. 부담이 적은 부탁을 해서 일단 흔쾌히 사 주고 말았다. 도와준다는 마음보다는 특별히 거절할 방법도 생각이 나지 않아서였다. 예전에는 형편이 어려운 사람을 돕는다면 그냥 좋은 마음으로 선뜻 받아들였다.

어느 날 "어려운 사람은 절대 남을 도울 수 없다."는 글귀가 너무 이치적으로 와 닿는다. 특히 봉사활동은 공부하러 가는 활동이라고 했다. 그 안에서 내가 배우고 공부할 것이 있다고 했다. 내가 어려우면 나의 환경을 내 공부삼아 내 모순을 좋게 바꿔가는 노력이 필요하다. 부탁의 기술 중에 작은 부탁을 상대가 허락을 하면 점차 큰 부탁도 들어주기 쉽다고 한다. 이 심리를 악용해 작은 거부터 단계별로 들이대는 사람도 있다고 한다. 사소한 부탁도 함부로 들어주지 말라고 한다. 그게 미끼인 경우도 있으니까.

과거의 나는 타인에게 최대한 맞춰주는 게 배려라고 생각했다. 상대가 어려운 부탁을 하면 '오죽 했으면 나한테 와서 부탁할까.'라는 안쓰러움이 컸다. 거절하면 늦은 후회로 자책감이 들어서 큰 무리가 없으면 들어주는 편이었다. 알고 보면 연약한 나의 마음과 모질게 거절을 못하는 나의 기질적인 이유도 컸다. 손해 본다는 느낌은 없었지만, 그만큼 부족해진 건 내 몫이었다. 타인에게 좋은 사람, 정도 깊고 이해심 많은 사람으로 평가받고 싶은 마음이 컸다. 나는 늘 괜찮은 척, 강한 척, 대범한 척을 많이 했다. 타인으로부터 인정과 사랑을 받는 것에 기분이 좋았다. 나의 결정권은 늘 타인을 향해 있었다. 사람들이 날 어떻게 평가할까? 라는 생각이 떠나지 않았다. 마음공부와 심리상담을 통해 타인에게 신경을 쓰는 것이 사랑받고 싶기 때문이라는 것을 알았다. 나를 있는 그대로 받아들이지 못하고 늘 어른스럽게 스스로를 엄하게 대했다. 그럴수록 내 안의 내면아이는 감정의 억누름에 더 깊이 들어갔다. 내 감정에 무디고 표현이 잘 안되었던 것이 이러한 나의 감정습관 때문이었다. 싫다고 느껴지는 감정은 철저히 외면했다. 반면 꽂혀서 좋다고 느끼는 것은 꽤 오래 유지하는 습관이 생겼다. 좋고 싫고가 분명해서 나는 쿨한 사람이라고 생각했다. 편향된 감정 패턴으로 내 삶에 오류가 생기기 전까지 말이다.

요즘은 회사의 임원들이 무조건 '예스맨'을 좋아하지 않는다. 영혼 없이 자신을 과잉 적응시키는 것보다는 솔직하고 자유로운 의견을 기대한다. 그 안에는 새로운 패러다임이 창출되기 때문이다. 기업문화에 따라 다소 차이는 있지만, 창의적인 비즈니스를 지향하는 회사의 경우는 더더욱 그러하다. 부딪히는 거 피곤하니 시키는 대로 한다는 직원도 있을 것이다. 근성 없고 만사에 투덜대는 직원들은 혼자 씩씩대다 회사를 나가기도 한다. 사람은 자기 조건에 맞게끔 살아가는 거다. 어떤 때는 체면이 구겨지는 것도 감수하면서 따라야 할 때도 있다. 그 사람의 환경이나 형편이 그렇게 만드는 것이다. 터무니없는 요구를 해도 그 속에서 공부로 삼아야 한다. 현재의 자기 환경을 잘 흡수해야 한다. 그리고 분별을 잘해서 어떤 선을 찾아야 한다. 내 앞에 오는 환경은 나를 성장시키기 위한 연극무대이다.

내 삶의 온전한 주인이 되기 위해서 당당하게 거절도 필요하다. 희망이나 성공이라는 포장으로 나의 감정을 희생당할 수 없다. 지킬 수 없다고 생각되는 부탁은 반드시 거절해야 한다. 남을 배려한답시고 무조건 들어주는 어리석음을 피하자. 그건 배려가 아니다. 관계를 더 악화시킬 뿐이다. 거절한다고 나를 떠나는 사람은 언제든 떠날 수 있는 사람이다. 그냥 미련 없이 훨훨 보내 주어라. 인연이 떠나면 그 자리에 또 다른 인연이 온다. 인연을 소중하게 생각하지만, 욕심이 들어간 인연은 결국 서로에게 상처를 안겨 준다. 내가 원하면 언제든 거절할 수 있다. 살면서 선을 어느 정도 긋는 사람이 지혜로운 사람이다. 사람은 서로의 에너지를 교류하면서 살아간다. 주는 것은 고맙게 잘 받고, 어느 정도 선을 넘는 것은 사양해야 한다. 서로의 감정이 넘치지 않게 제어를 해야 한다. 선을 넘어갈 때는 지혜롭게 거절할 줄 알아야 한다. 서로 간에 마음의 에너지를 교류하면서 넘치지 않게 균형점을 가지고 가면 관계는 오래간다. 넘치는 것을 받았을 때 상대는 분명히 대가를 바라는 욕심이 있다. 마음을 주고받을 때는 강약을 잘 조절해야 한다. 내가 많이 주면 나중에 욕심이 생긴다. 또한 내 버릇도 나빠진다. 주는 것을 자꾸 줘버리면 제어할 때 문제가 생긴다. 상대의 근기에 따라 조금씩 아는 만큼 서로 주고받는 게 좋다. 그게 진짜 도운 것이고, 바르게 도와주는 것이다.

거절도 단호하게 거절하는 것보다 거절의 느낌이 들지 않게 센스 있게 하는 것이 좋다. 사람마다 기질과 성향이 다르기 때문이다. 거절은 나를 보호하는 무기이기도 하지만 상대를 치는 무기가 될 수도 있다. 평소 상대를 잘 관찰하면서 성향에 맞게 대할 필요가 있다. 특히 돈 문제로 상대가 부탁을 할 때 분별이 필요하다. 상황파악을 잘 파악해 보고 명분 없는 부탁은 냉철해져야 한다. 부탁을 거절하는 것은 그만큼 어려운 것이다. 속에 피눈물을 쏟으면서 참아낼 수 있어야 상대를 위하는 것이다. 생활 속에서 우리는 이러한 분별을 하는 공부를 해야 한다. 거절 잘하는 법은 인터넷을 검색하면 다양한 방법을 알 수 있다. 검색해 본 후에 나의 기질이나 성향에 맞는 방법을 잘 활용하면 된다.

너무 참기만 하는 사람은 화병에 잘 걸리는 사람들이다. 자신의 감정을 적절하게 표현하지 못하는 사람은 소극적이고 내성적이다. 거절은 이러한 사람들의 보호 장치다. 부탁을 거절할 때는 단칼에 싫다고 거절할 수도 있다. 하지만 나는 상대의 체면을 깎으며 감정에 응어리를 남기지 않는 방법을 쓴다. 부탁을 거절할 때 미안한 마음이 드는 건 사실이기 때문이다. 간혹 지나친 배려가 되어 상대를 불편하게 하는 경우도 있다. 그것은 자신의 생각이나 주관 없이 다른 사람도 그럴 것이라는 추측에서 오는 오해다. 당신이 느껴야 할 죄책감은 부탁을 들어주지 못한 죄책감이 아니다. 당신이 거절하지 못할 때 내면에서 올라오는 감정을 인지하고 알아차려야 한다. 그동안 그들에게 내주었던 내 삶의 감정 선택권을 다시 찾아오는 것이다. 알아차리는 순간, 나는 당당하게 거절하는 자유로운 순간을 맞이하게 된다.

# 07

# 두려움은 나쁜 감정이 아니다

두려움은 인간평등이나 인권문제뿐 아니라 지속적으로 인간의 삶을 지배해 왔다. 또한 두려움은 부정적인 감정과 깊이 결합되어 있다. 두려움이란 '공포'와 '경외'가 단단하게 얽혀 있는 개념이다. 인간의 최고 약점 중에는 두려움이라는 감정이 있다. 죽음에 대한 두려움부터 새로운 도전에 대한 두려움까지 다양하다. 왜 우리는 두려움이라는 감정을 부정적으로 느끼게 되는 걸까?

나는 불교를 기반으로 하는 마음공부를 시작했다. 평소에 좋고 싫음이 명확한 사람이라고 늘 생각했다. 체질적으로 타고난 예민한 부분도 있었다. 마음공부를 통해 그러한 나의 생각은 많이 내려놓게 되었다. 너무 싫은 것도, 너무 좋은 것도 없다는 마음의 상태를 알게 되었기 때문이다.

인간은 분노, 슬픔, 기쁨, 두려움이라는 기본적인 감정을 갖고 있다. 이들이 서로 섞여서 인간이 느끼는 갖가지 감정들을 만들어 낸다. 특히 억압된 두려움은 부정적인 목소리를 나타낸다. 두려움이 분노를 싸고 있으면 감정표현을 잘 못한다. 감정 표현이 서툴러서 연애다운 연애를 못해 본 청춘들은 이해가 될 것이다. 질투 뒤에는 항상 두려움이 있다. 분노 뒤에도 늘 두려움이 있다. 석가모니는 인생에서 절대적인 고통은 존재하지 않고, 인간이 느끼는 고통은 자기 자신이 만들어 낸다고 말했다. "내가 스스로 짓고 스스로 받는다."는 말은 그런 의미이기도 하다. 상황을 놓지 않으면 나쁜 일은 절대 일어나지 않는다. 예민한 사람이 사소한 일로 필요 이상으로 일을 키우는 경우도 많다. 우리는 먼저 나의 성향과 기질을 이해할 필요가 있다. 또한 인간의 뇌는 생각보다 착각을 많이 일으킨다. 오감을 통한 정보가 오류일 경우가 많기 때문이다.

우리 뇌의 기관에는 '편도체'라는 자기 보호 장치가 있다. 두려움이 나타날 때 스스로를 보호하는 차원에서 자동으로 발동하는 시스템이다. 그것이 두려움의 상승을 막으면 정서적 시스템도 함께 차단된다. 차단된 감정의 에너지는 몸에서 느껴지므로 정지된 채로 몸속 무의식에 저장된다. 억압된 두려움의 에너지는 신체의 다른 부위에 영향을 준다. 맥이 빨라진다거나 근육에 긴장이 나타난다. 심하면 호흡곤란까지 오는 경우도 있다. 원인을 잡지 못하면 심각한 내 안의 자동정화 시스템을 망가뜨리게 되고, 스트레스와 불안감만 더 유발시킨다.

나는 어떤 일에 있어서 마음에 탄력을 받지 않으면 게으르즘에 잘 빠지는 경향이 있다. 밤만 되면 정신이 더 총명해지는 저녁형 인간이었다. 마음공부와 몸 공부는 균형이 중요하다. 몸 공부로 불교선원에서 참선을 공부할 때였다. 참선에 들어갈 때 졸음을 참는 것이 너무 힘들었다. 공부 점검을 위해 스님과 차담을 나눌 때 그것에 대한 질문을 드렸다. 질문을 드리는 과정에서 나는 스스로 알아차렸다. 나는 늘 잠이 모자랐는데, 이유는 너무 자명했다. 밤에 너무 늦게 잠드니 충분한 수면을 못한다는 거다. 그리고 식탐도 있어 늘 속이 꽉 채워지게 많이 먹는다는 거였다. 심리적인 내면의 허기도 한몫했다. 참선이 잘되지 않았던 기본적인 두 가지 사실을 알고도 나는 그 후에도 쉽게 바꾸지 못했다. 왜냐하면 그 당시 나한테는 참선에 절실함이 없었기 때문이다. 1년 정도 다니다가 그만 두었다. 세상을 모르면 헤맨다. 세상의 이치를 알지 못하면 내가 약하니까 세상에 끌려 다닌다. 세상의 법칙을 배우고, 공부하고, 삶에 적용하면서 깨우치고 바꿔 나가는 것이 삶이다.

그렇다면 이 두려움은 어디에서 오는가!

마음이 동하지 않으면 잘 움직이지 않는 나의 습성 탓에 많이 울기도 했다. 욕심은 차고 넘치는데 그 욕심만큼 내 그릇을 채우는 노력과 행동력이 부족했던 이유다. 불교에서는 욕심을 내리고 비우라고 하는데, 근원의 이유를 속 시원하게 답해 주는 곳이 없었다. 뭐든 다 알고 잘하고자 하는 강박이 있었던 나는 더 답답해졌다. 참선에서 잠시 빠져나와 보니 '실력과 내공으로 부족한 나부터 갖추라' 는 법문이 다시 들어왔다. 내 안의 마음 울림을 못 듣고 사는 시절이 많았다. 마음공부를 통해 하나씩 하나씩 나를 깨어갈 때 나를 감싸고 있던 두꺼운 껍데기들이 떨어져 나갔다. 그리고 그 껍데기들의 실체를 알았다. 두려움이라는 불안으로 두껍게 싸고 있었다. 그리고 그것은 사랑이라는 또 다른 마음이었다. 나를 지키고 보호하기 위해 두려움과 불안이라는 감정으로 존재하고 있었다. 내가 성숙하게 내 역할을 하지 못할 때, 귀찮고 게으른 습관으로 준비를 철저히 못하고 있을 때, 현재보다 과거와 미래를 더 크게 바라만 볼 때, 가슴은 깨어나라고 요동쳤지만 '편도체' 라는 반사적 자기보호 장치가 가동했던 것이다.

같은 일을 겪고도 사람마다 반응이 다르다. 그것은 방어기제가 다르기 때문이다. 그래서 행복을 좌우하는 중요 요소 중 하나로 방어기제를 꼽고 있다. 어떤 사람은 같은 일에 웃어넘기고, 어떤 사람은 분노하고, 어떤 사람은 다른 사람 탓을 하고, 어떤 사람은 외면하기도 한다. 유머나 인내심 같은 방어기제는 사람을 끌어당긴다. 한편, 자기회피나 건강 염려증 같은 미성숙한 방어기제는 자신에게 순간적인 위안이나 만족을 주지만, 타인에게는 자기중심적인 사람으로 보이기 때문에 인간관계 형성을 방해하고 삶의 질 저하를 가져온다.

미국 포브스에서 '미국에서 가장 뛰어난 의사' 에 선정된 바 있는 뉴욕 대학 재활의학 교수인 존 E. 사노에 따르면, 부정적이고 어두운 감정이 만성적인 긴장을 일으키는 원인이 된다고 한다. 그리고 그것이 신체의 통증으로 표출되어 긴장 근염 증후군을 일으킨다고 한다. 특히 만성질환이나 통증의 원인은 억압된 분노와 불안 등 부정적인 마음에 있는 것으로 밝혀졌다고 한다.

《두려움의 기술》의 저자 크리스틴 울머는 전 세계 곳곳에서 '두려움 극복하기'라는 주제로 강연을 한다. 그녀는 말한다.

"두려움을 회피의 대상으로 바라보는 성향 때문에 앞으로 나가지 못한다. 두려움은 우리의 것이고 우리의 일부이다. 두려움에 관해 제대로 인식하면 두려움을 피하거나, 두려움과 싸울 일이 사라지게 된다. 당신이 두려움과의 관계를 잘 설정하면 삶의 양상이 바뀐다. 당신이 자신의 두려움과 관계를 재정립하면 개인의 삶을 넘어 세상과의 관계도 변화하게 된다."

두려움으로부터 배우는 게 없을 때마다 활력소가 소진된다. 두려움을 싫어한다는 것은 그것으로부터 배우려는 마음이 없다는 뜻이기도 하다. 싫어하는 것들에 마음을 열면 무엇인가 배우게 되고, 그것이 삶의 활력소가 된다. 인생을 뒤로 미루지 말자. 미래를 두려워하고 염려하는 건 지금 현재를 소홀히 한다는 뜻이기도 하다. 지금 현재에서 열심히 살지 않으니 앞날이 걱정되는 거다. 우리가 날마다 나만의 '기준'을 갖고 행동한다면 내 마음의 균형을 찾을 수 있을 것이다. 두려움이 자유롭게 말하게 하라. 그 속에는 나를 세상에서 깨우는 진짜 공부가 있다.

08

# 때론 남의 기분을 잘 아는 것보다
# 모르는 것이 더 낫다

사람은 자신의 관점으로 타인의 표정이나 말투, 행동을 해석하는 경향이 많다. 나만의 논리와 각으로 해석함으로써 종종 오해를 불러일으키기도 한다. "나는 그런 의도가 전혀 아닌데 저 사람은 그렇게 본다."라고 생각할 수도 있다. 하지만 나의 관점을 점검해 보면 내가 상대의 근기와 환경의 깊이를 보지 못한데서 만들어진 내 마음이 투사된 결과이다. 오늘날 소통채널이 다양화되고 말의 에너지가 세상에 미치는 파급효과는 엄청 커졌다. 때문에 우리는 인간의 본성을 좀 더 입체적으로 이해할 필요가 있다고 본다.

영업상담과 심리상담 일을 하면서 서양의 심리학과 인지과학을 접한 후 두 양상을 연결시켰다. 결국 하나로 연결되어 있지만 각 영역에서 배움의 차이는 있었다. 나는 사람을 만나면서 관찰과 탐구가 더 많아졌다. 내 앞에 온 인연들에 대한 연구가 곧 나의 공부였기 때문이다. 그러면서 알게 되었다. 나는 꽤 오래전부터 사람들에 대한 관심을 넘어 깊이 관여하면서 살고 있었다. 꽤 오랫동안 IT라는 직업군에 종사하면서 비교분석하는 직업성향도 함께 커졌다. 그것이 타인에 대한 호기심과 관심으로 이어졌다. 타인에 대한 관심에서 애착으로 흐르면 가끔은 간섭으로 흘러가기도 했다. 상대를 위한다면서 알게 모르게 그 사람의 삶의 태도에 관여했다. 개입했던 만큼 나는 내 삶의 여정에 많은 부분을 소모하고 살았다. 그런 생각을 하고 나니 순간 마음에 헛헛함이 왔다. 나에게 오는 인연공부가 결국 내 공부임을 알았을 때 비로소 그런 마음이 많이 내려졌다.

시카고 대 심리학과의 존 카시오포 교수는 부정적인 감정이 긍정적인 감정보다 전염성이 높다고 했다. 그의 연구에 의하면, 공포나 슬픔과 같은 부정적인 감정은 긍정적인 감정보다 인간의 생존본능에 더 직접적으로 연결되어 있기 때문에 더 민감하게 반응한다는 것이다.

마음의 통증으로 심리상담의 도움을 받으러 오는 사람들이 많아지면서 오히려 심리상담가의 치유가 필요한 시대다. 인사동에 '마음치유학교'를 운영 중인 혜민스님이 〈스님을 위한 마음 콘서트〉를 하신다는 내용을 봤다. 그것을 보면서 "오늘날의 영성지도자들도 스트레스가 수행의 수위를 넘었구나."라는 생각이 들었다. 지식 공유시대에 깊이 있게 공부한 신도들도 많아졌고, 지금 시대에 맞지 않는 삶과 동떨어진 법문은 이제 외면당하는 시대를 맞이했기 때문이다. 늘 세상은 변하고 진화된다. 시대와 흐름에 맞는 업그레이드가 필요한 때이다.

감정전이란 어떤 대상에 대한 감정이 그와 관련된 것에까지 옮겨지는 현상을 말한다. 어떤 사람에게 긍정적인 감정을 가지게 되면, 그 사람과 관련된 모든 사물조차도 긍정적으로 보게 되는 심리적 현상이다. 감정전이를 잘 이해하고 활용 능력을 높이는 사람은 성공적인 인간관계를 형성하는 경우가 많다. 그들은 상대방의 마음을 쉽게 얻고, 자기가 원하는 것도 어렵지 않게 얻어낸다. 자기감정이 긍정적이고, 감정에 쉽게 흔들리지 않는 성공하는 사람들의 특징이기도 하다. 공감한다는 것은 역지사지의 입장에 서서 상대의 관점과 감정을 생각하는 것이다. 그것은 모든 가능성을 열어놓은 마음의 여유가 있을 때 가능하다.

타인의 감정으로부터 쉽게 내 감정이 크게 동요되거나 지나친 공감은 자기 점검이 필요하다. 부정적인 타인의 감정에 빨리 전염되는 경우도 있다. 과거에 경험한 사건이나 상처에서 비롯된 감정들을 해결하지 않고 억압해 두었다가 이후 아무 잘못도 없는 다른 대상에게 그 감정을 무의식적으로 투사해 버리는 경우다. 그러면서 뇌의 깊숙한 영역인 자기 보호장치 편도체에서 두려움과 불안이 일어난다. 이성이 감정에 영향을 미치는 것보다 감정이 이성에 영향을 미치는 것이 훨씬 쉽기 때문이다.

법륜스님의 〈즉문즉설〉 유튜브를 보다가 좋은 사례가 있어 소개해 본다. 사회복지 일과 심리상담을 하고 있다는 질문자는 남들 일이 전부 내 것이 되어 버려 절제가 힘들다고 스님에게 처방을 부탁드렸다. 스님은 상담하는 일을 그만두는 게 좋겠다고 하셨다. 그런데 질문자는 상담 일이 보람이 있고 너무 좋다면서 계속하고 싶다고 고집을 부렸다. 그 동영상에는 수많은 댓글이 달렸다. 전문가 이상의 수준 높은 분석적인 글과 걱정하는 우려의 글들을 보았다. 타인에 대한 동정으로 하는 상담은 자기치유가 필요하다. 자기 분석이 안된 사람이 다른 사람의 감정을 코칭한다는 것은 분명 무리수가 있어 보인다. 내담자의 무거운 감정에 휘말려서 마음이 이리저리 춤을 추는 형상이다. 댓글을 보면 관점의 차이는 있지만 맞는 말들이다. 하지만 스님의 충고와 수많은 댓글을 봤다면 질문자의 마음의 상태로 보아 또 다른 상처를 받을 수 있다. 질문자의 잘못된 행동을 꼬집어 알려주고, 조목조목 조언한 결과로 질문자는 질문에 대한 값을 제대로 치른 셈이다. 그 기회로 이치를 깨닫는 계기가 되었으면 좋겠다는 생각이 들었다.

아픈 사람은 늘 분별력이 떨어진다. 누군가에게 나의 상태를 고하면서 도움을 요청하는 건 내면의 용기가 필요하다. 특히 마음의 상처를 안고 있는 사람은 더더욱 그러하다. 얘기를 잘 듣고 같이 울고 웃는 게 공감을 잘하는 건 아니다. 내담자의 고민거리, 그 탁함을 들었다는 것은 그 처방까지도 내주지 않으면 감정이 전이되고 감염이 돼서 나를 어렵게 한다. 직업은 일을 방편으로 인연을 만나는 것이다. 그 인연들 안에서 나를 알아가는 공부를 하게 된다. 인연은 내 삶의 성장과정의 거울과도 같은 존재이다.

감정을 통제의 대상이 아닌, 이해의 대상으로 바라봐야 한다. 그럴 때 감정에 휘둘리지 않고 자유로워질 수 있다. 사람의 삶은 그 사람만큼이나 다양하다. 서로를 참견할 수도 없고, 그 삶을 간섭해서도 안된다. 각각의 속도와 높낮이로 자기만의 길을 걷고 있는 것이다. 남다른 오지랖으로 타인을 걱정하려 하는 사람들이 많다. 본인의 세상에 빠져서 나의 진짜 내면의 문제를 알지 못해서다. 본인의 생각 안에 빠져서 해석하고 인지하니, 비슷한 감정의 인연들을 바르게 보지 못하는 것이다. 주도적인 삶을 살려면 타인을 바라보는 나의 눈을 통해 자신에 대한 분석이 우선이다.

세상은 보고, 듣고, 느끼는 것이 전부가 아니다. 복잡하게 연결되어 있는 이 인연을 통해 나를 알아가는 것이다. 타인이 감정이 나를 힘들게 하면 차라리 무심한 지혜가 필요하다. 바른 분별력이 생기려면 많은 세상의 정보가 필요하다. 그 정보는 인연을 통해 나에게 오게 된다. 나를 괴롭히는 게 아니라 나를 도우려는 자연의 처방이다. 나 자신의 진정한 사랑과 관심이 먼저이다. 그 충만함이 나의 내면과 화해를 통해 성장을 돕는다. 자신을 분석하여 이치를 깨달을 때 비로소 타인의 마음을 이해하게 된다. 그러기 위해서는 스스로를 정확히 들여다보는 연습이 필요하다.

세상은 늘 변하고,
경험하지 못한 세계는 너무나 많다.
자신의 세계에 빠지면
남을 이해하는 힘이 떨어진다.

# 불편한 감정에서
# 자유로워지는 8가지 연습

Emotion

01

# 남들의 기분을 지나치게
# 신경쓰지 마라

우리는 사람과 사람 사이의 관계를 통해 에너지를 교류하면서 살아간다. 그 관계 속에서 용기와 사랑을 받기도 하고, 때로는 오해와 상처를 받기도 한다. 사람은 아는 만큼 보이고, 삶을 경험한 만큼 깨어난다. 우리는 SNS로 소통채널이 다양한 시대에 살고 있다. 비대면 속에서 서로를 알아가는 것은 때로는 솔직함과 용기가 필요하다. 내 방식대로 남을 위한다는 배려의 개념도 개인적 성향과 시대적 흐름에 따라 의미가 다르다.

직장 동기 K는 유난히 남의 마음을 잘 헤아린다. 유리알처럼 투명한 그녀의 얼굴은 마치 그녀의 마음을 닮은 것 같았다. 해맑으면서 늘 친절하고 다정했다. 동기로만 알고 지내다가 우연히 대화를 나누게 되었다. 독실한 천주교 신자인 그녀가 불교에 대한 많은 지식을 가지고 있어서 놀랐다. 부모님의 영향으로 천주교 모태솔로이지만, 그녀의 서재에는 불교서적이 제일 많다고 한다. 그 이유가 매우 궁금했다. 그녀는 어렸을 때부터 세상에 대한 궁금증이 많았다고 한다. 그래서 한때는 부모님이 교수였으면 좋겠다는 생각을 했다고 한다. 그러면 자기가 궁금한 것들을 다 설명해 주실 것만 같았다고 했다. 결국 세상의 궁금증을 하나씩 찾아가다 보니 불교서적을 많이 보게 되었다고 한다. 자신에 대해 하나씩 탐구하는 과정에서 불교가 제일 납득이 되었다고 한다.

다카다 아키카즈의 저서 《예민한 게 아니라 섬세한 겁니다》을 읽다 보니 그 마음이 이해가 되었다. 사람들과 잘 어울리지 못하고, 사소한 일까지 일일이 신경이 쓰인다. 이 책의 저자는 평소 자신에게 '살기 힘들다'는 감정을 안고 남을 의식하며 살아왔다고 고백한다. 의사임에도 불구하고 우울증 진단으로 약을 먹었지만, 결국은 'HSP(Highly Sensitive Person)'이라는 개념을 알게 되었다고 한다. 저자와 같이 예민한 기질 때문에 삶에 적응하는 것에 힘들어하는 사람이 의외로 많다. 타고난 기질이나 살아가는 동안 환경의 큰 변화 속에서 일어나는 경우도 많다.

누구나 한 번쯤은 경험하게 되는 현상이다. 사람과 사람 사이에서 우리의 삶이 리듬을 타기 때문이다.

남들에 비해 촉이나 감이 빠른 사람이 있다. 타인과의 감정선에서 특히나 더 예민하게 반응하거나 또는 공감을 잘 해주는 사람이다. 나 또한 한때는 상대를 배려한다는 명목으로 친구들에게 다정한 큰언니 역할을 많이 했었다. 상대의 불평불만을 잘 들어주고 친절한 조언까지 해주면서 말이다. 그때는 남의 고민을 잘 들어주고 토닥거려 주니 성격이 좋다는 말을 많이 들었다. 마음공부를 하면서 알게 되었다. 내가 남의 삶에 관여를 많이 한 거 같다. 세상에 보이고 들이는 것이 나의 화두라는 것을 알게 되었다. 그리고 내 삶의 성장에 공부와 자양분이 되어 방향점을 제시해 준다. 상대가 굳이 묻지 않으면 보고, 듣고, 흡수하고 그냥 지나가라. 세상에 대한 호기심이 많았던 성격 때문에 불필요한 감정으로 에너지를 밖으로 많이 소진했다.

세상 사람들이 모두 나를 좋아할 수는 없다. 나 또한 세상 사람들을 다 좋아할 수도 없다. 살아온 환경과 가치관, 세상을 바라보는 관점이 다르기 때문이다. 지나치게 남들의 기분을 신경 쓰는 것은 애쓰는 것이다. 마음에 힘이 잔뜩 들어가 있다. 그렇게 되면 불필요한 에너지가 섞여 들어가 서로를 속박할 수도 있다. 불필요한 에너지를 잘 모아서 좋은 삶을 사는 데 써야 한다. 세상을 다 알려고도 하지 말고, 오롯이 그냥 자연스럽게 사는 여유도 필요하다. 스치는 것들은 그냥 스쳐 지나가야 한다. 때로는 마음이 가는 대로 내 뜻대로 해보아라.

남들의 기분을 지나치게 신경 쓰는 이유는 무엇인가. 내 마음을 점검해 봐야 한다. 사랑받고 싶어 하는 마음일 수도 있다. 과거 속의 좋지 않는 기억으로 상처받기 싫어하는 마음일 수도 있다. 너무 착해서 남의 말을 잘 따라주는 이유일 수도 있다. 마음이 약해서 상대에게 끌려가는 성격일 수도 있다. 사실 인생에 정답이 없듯이 영원한 것도 아니다. 그럴 만한 상황이나 이유는 분명히 있다. 하지만 나 자신도 알 수 없기 때문에 같은 패턴을 반복하고 있는지도 모른다. 나의 경우를 생각해 보았다. 대체로 주도적으로 살아왔지만, 기대보다 큰 실망감을 겪을 때 마음의 눈치를 보았다. 마음의 에너지가 떨어질 때다. 사람은 마음이 충만할 때는 남들에게 좋은 에너지를 불어 넣어준다. 지나치게 걱정하고 약해질 때 자기보호 차원에서 타인의 기분에 신경을 쓴다. 어렸을 때 형성된 무의식의 세계에서도 그럴 것이다. 주위를 신경 쓰지 않고 산다는 것은 꼭 주도적인 삶만을 의미하지는 않는다. 세상의 기준에 맞춰 사는 게 얼마나 힘든 일인가. 적당함과 중용을 찾아가는 것이 정신 건강에도 좋다. 다른 사람이 나에 대해 어떻게 생각하는지는 그 사람의 몫이다. 그 사람의 마음의 문제이다. 우리는 우리 내면의 문제만으로도 생각이 많지 않던가.

마음수련으로 내면의 소리에 집중하는 훈련을 많이 했다. 알아차림이 될 때 마음이 많이 정리되면서 맑아졌다. 그러나 어느 순간 세상의 정보를 지나치게 받아들이고 있음을 알았다. 하나하나 의미를 깊이 생각하는 습관이 오히려 착각을 불러 일으켰다. 지나친 착각은 고통이다. 세상의 소리는 타인의 기분까지도 포함한다. 그것을 분별하는 마음의 힘을 키우기 전까지는 내 정량을 알 필요가 있다. 그것은 내 마음이 센서이기 때문에 넘치는 경계선의 신호를 알 수 있다.

사회적 배려 차원이나 가르침을 이끄는 자는 상대를 관찰해야한다. 치우침에는 조율이 필요하다. 나는 남들과의 조화를 위해 늘 최선을 다하려고 노력했다. 이제는 넘치든, 부족하든 나를 중심으로 세상을 바라보는 용기가 필요하다. 타인의 기준으로 내 만족을 평가한다면 내 삶은 타인의 기준이 된다. 타인을 전혀 신경 쓰지 않고 살수는 없다. 하지만 더 중요한 것은 내 마음의 근원을 보는 것이다. 세상의 소리를 듣기 위해 상대방의 행동이나 말에 주위를 기울인 적이 많았다. 하지만 그 중심을 잃지는 마라. 지나친 신경이나 감정에 휩쓸린 공감대는 건강한 관계성을 방해한다.

# 02

# 남의 말은 10퍼센트만 믿어라

남의 말을 안다는 것은 어떤 것일까? 맹자가 대답했다. "편파적인 말을 들으면 그 사람이 어디에 가려 있는지를 알며, 근거 없는 말을 들으면 그 사람이 어디에 빠져 있는지를 알고, 사람을 망치려는 사특한 말을 들으면 그 사람이 정도에서 얼마나 멀리 있는지 알고, 둘러대는 말을 들으면 그 사람이 처한 궁지를 안다." 성인의 바른 분별력을 배우기 위해 후손들은 책을 통해 공부한다. 하지만 그 시대, 그 상황의 환경과 성인의 깊은 마음이 의미하는 바를 정확하게 이해하는 것이 쉽지 않다.

그렇다고 무조건 남의 말을 무시하라는 것은 아니다. 우리는 살면서 겪게 되는 인생의 고민을 친구나 선배, 또는 스승에게 조언을 구하기도 한다. 나의 고민을 밖으로 끄집어내는 그 자체만으로도 감정은 어느 정도 풀린다. 속이 후련해진 공간만큼 마음의 여유가 생긴다. 하지만 조언을 듣고 행동으로 실천하지 않으면 도로아미타불이다. 조언을 해주는 인연도 중요하다. 내 근기에 맞게 잘 풀어서 처방전을 주는 사람은 생각보다 찾기 어렵다. 상대를 위한 마음보다 지식 자랑으로 잘난 체하다 마는 경우도 많다. 아니면 전문가에게 비용을 지불하고 그만큼 위로를 받기도 한다. 그래서 세상은 호락호락 하지 않고 공짜가 없다. 늘 그만한 대가가 뒤따른다. 근기마다 자기 고민을 밖으로 드러내는 것이 어려운 사람들도 있다. 누구는 책을 통해, 내면여행을 통해, 또는 선지식 스승을 찾아서 나를 발견하고 찾아간다. 고민이 클수록 내 마음을 가만히 들여다봐야 한다.

불교나 심리학에서는 타인을 통해 나와의 마음과 마주해야 한다고 말한다. 특히 불교는 부처님의 마음공부를 통해 내면 성찰을 한다. 반면 서양의 심리학은 좀 더 객관적이고 실험적인 방법을 선택한다. 안나 피스케의 저서《집단상담; 타인을 통해 나를 마주하는 힘》을 보면, 마음의 문제는 대부분 관계에서 오는 어려움으로 오는 경우가 많다. 다양한 사람들과의 대화를 통해 서로 자신을 비교하고 탐구한다. 그 안에서 사회적 경계들과 장벽들을 이해하게 되고 스스로 대안도 찾게 된다. 타인의 견해를 통해 내 안의 문제를 다르게 볼 수 있는 힘이 생긴다. 내 문제를 다르게 보는 법이 훈련이 되면 나를 객관적으로 들여다 볼 수 있다. 그러면서 자연스럽게 치유되고 성장하며 관계까지 개선된다.

처음에는 독경과 기도를 통해 내면 성찰을 했다. 그리고 자연스럽게 동양의 마음공부와 서양의 심리학 공부를 경험했다. 그러면서 마음의 세계를 체험하게 되었다. 마음이 맑아지고 통찰이 깊어진 만큼 내 안에 마음의 울림도 커졌다. 또한 불교에서 풀지 못한 마음의 갈증이 다소 해소되었다. 많은 책들과 유튜브 강의 자료들도 많은 도움이 되었다. '나한테 보이고 들리는 것이 너의 공부거리임을 알라' 는 내용은 마음의 큰 울림이었다. 내가 상대의 말을 통해 세상의 소리로 받아들였던 것을 공부 화두로 삼았기 때문이다.

다른 사람 말을 듣고 있으면 과거 속의 기억이 소환된다. 좋은 것도 떠오르고, 그렇지 않은 기억도 떠오른다. 추억은 아름답게 음미하면 되지만, 상처받은 기억은 트라우마가 되어 또다시 마음을 고통스럽게 한다. 마음속에 갇혀 치유되지 못한 상처가 순간적으로 감정으로 올라온다. 과거의 트라우마는 내가 세상의 이치를 모르고 소통이 안돼서 생긴 병이다. 세상의 경험이 부족하고, 생각의 질량이 크지 않아서 생긴 세상 병이다. 세상에 맞게 성장하라고 우리에게 아픔을 주는 것이다. 그것에 도전해서 극복하라고 세상이 나에게 미션을 주는 것이다. 지금 이 순간을 잘 살라고 세상이 축복하면서 선물을 준다. 특히 어린 시절의 환경이 세상에 대한 프레임이나 인식의 변화에 많은 영향을 준다. 그리고 자기만의 세상을 만들어 간다. 세상을 바르게 보는 공부는 그 모순 속에서 함께 만들어진다. 수없이 세상의 파도에 부딪히고 깎이면서 나를 다듬어 간다. 그러한 과정 속에서 마음의 힘이 잘 키워진다. 우리는 지식의 배움을 통해 세상을 알고, 그 세상은 나의 길을 이끌어 준다.

남의 말을 듣는 것은 결국 나를 알아가는 과정이다. 너를 알면 나를 이해하고, 나를 알면 너를 이해할 수 있기 때문이다. 그러면서 나와 너와의 인연을 알게 되고, 세상을 바르게 볼수 있는 혜안이 생긴다. 우리가 사람과 섞여 살면서 때로는 상처받으며 치유 받고 함께 동행하는 것은 일종의 삶의 여정이다. 이렇게 다 함께 타인의 말도 잘 이해하고 인정해 주면 관계에 문제가 없다. 하지만 상처를 받아 본 누군가는 다시는 상처받지 않으려는 자기보호 장치가 작동한다. 나만의 세상을 단단히 만들고,

내 식으로 세상을 바라본다. 오늘날 지식의 시대에 서로의 논리와 주장을 더욱 관철시키기 위해 다투기도 한다. 내 의견을 공격받으면 흔들리기 쉽고, 상대의 그럴 듯한 논리에 넘어가기 쉽다. 인연은 우리를 성장시키기 위해 환경으로 다가온다. 세상을 올바르게 이해하지 못하면 잘못된 길로 인생을 낭비하고 헤매기도 한다. 그래서 나를 바르게 잘 이끌어 줄 수 있는 인연이 중요하다.

사람들이 서로 대화가 잘 통하고 소통이 잘되면 좋겠지만, 사회적 체면이나 각자의 관점과 이해관계에 얽혀 솔직하게 자신의 감정이나 의사를 표현하지 못하는 경우가 많다. 가령 노골적으로 남에게 상처를 주는 말을 하는 사람은 본인이 상처를 가지고 있기 때문인 경우가 많다. 혹은 정도를 넘은 자기 자랑을 늘어놓고 남의 인정을 필요로 하는 사람은 어느 부분에 열등감을 가지고 있는 경우가 많다. 그런 식으로 타인의 말을 파악할 수 있다면 그들의 공격적인 말이나 자랑하는 말에 마음이 흔들리지 않을 것이다. 그러므로 맹자의 '남의 말 파악하기' 목록 뒤에 '공격적인 말을 들으면 그 사람이 가진 상처가 무엇인지 알고, 자기 자랑하는 말을 들으면 그 사람의 열등감이 무엇인지를 안다' 등의 목록을 더 붙일 수도 있을 것이다.

남편이 활동하는 건설업종 사장모임이 있다. 큰 공사현장 수주전이 치열할 때는 보이지 않는 경쟁이 일어난다. 언젠가 회장 측근에 의해 현장에서 제외된 사장의 불만이 터져 나왔다. 그것이 시발점이 되어 그 회장이 불명예스럽게 물러난 상황까지 벌어졌다. 남편의 이야기를 듣고 걱정이 좀 되었다. 회장직을 수행했던 분이 우리 부부에겐 특별한 고마움이 있었기 때문이다. 정기모임이 있던 날 남편이 다녀왔다. 그리고 도대체 이해를 못하겠다는 표정으로 말했다. 갈등이 있던 사장 두 사람도 모임에 나왔는데, 서먹하기는커녕 호형호제하더란다. 남편은 처음엔 마음속으로 황당했다고 한다. 그날의 충격이 오버랩 되었고, 잠시 마음이 진정되니 그나마 다행이라고 생각했단다. 싸움 이후에 서로 오해를 풀 수도 있고, 이해관계를 떠나서 원래 사업의 세계란 그런 거 아니냐고 나는 웃으며 말했다. 겉과 속은 같아야 한다는 유교적 선비사상이 강한 남편에게는 도저히 이해가 안되는 상황이었을 것이다. 사업의 세계란 영원한 아군도, 적군도 없다. 다만 건설적인 방향으로 함께 상생할 뿐이다.

남의 말을 다 수용하면 내 마음의 공간에서 버퍼링이 발생한다. 특히 남의 말을 함부로 하는 사람은 정보가 왜곡되거나 사실보다 훨씬 크게 부풀려진다. 어떤 문제가 발생했을 때 남의 말에서 답을 찾지 마라. 우리가 접하는 정보의 99퍼센트는 사실 의미 없는 게 많다. 진짜 정보는 1퍼센트의 영감에서 온다. 남의 말은 10퍼센트 정도만 참고하는 차원에서 들어라. 나머지는 질 좋은 정보에 집중하고 의미 없는 것은 흘려보내라. 나에게 필요한 답은 내 자신 안에 있기 때문이다. 남의 말보다는 내 선택을 전적으로 믿어라. 그래야 결과에 상관없이 내 인생에 전적으로 책임을 지고 당당해진다. 실수조차도 성장의 자양분으로 잘 쓰이게 된다.

03

# 상대에게 이해받으려고 하지 마라

지치고 힘이 빠질 때 누군가의 이해를 받아본 적이 있을 것이다. 문득 혼자라는 생각에 갇혀 있을 때 누군가의 따뜻한 말 한마디는 큰 위로가 된다. 반면에 누군가는 세상이 나를 알아주지 않는다고 사회 불만으로 표출시킨다. 모든 불평불만을 세상 탓, 남 탓으로 돌리면서 사회문제를 일으킨다. 내눈에 보이고 들리는 대로 세상을 읽는다. 지나치게 나 중심으로 세상을 보기 때문에 마음의 갈등이 시작된다.

상담을 하다 보면 다양한 사람들을 경험한다. 특히나 부부관계에서 소통의 어려움을 겪는 사람들이 많다. 진짜 부부의 인연으로 만나는 남녀의 사주는 서로 같다고 한다. 음양의 조화를 위해 서로 끌리는 기운으로 만나니 그럴 법도 하다. 그런데 유독 부부끼리는 서로 더 이해받기를 바란다. 결혼 후 연애 때와는 달리 평소 습관으로 본성이 드러난다. 우리 부부도 신혼 초 정말 치열하게 싸웠다. 둘 다 만혼으로 서로를 알아가는 시간을 충분히 갖지 못했다. 다행히 불교인연 덕분에 마음공부의 힘으로 잘 극복했다. 지금에 이르러 생각해 보니 감정코드가 사뭇 다름을 알았다. 사실 각자의 성향문제인데, 극도로 다른 정서적인 부분이 있었다. 신혼 때부터 써온 남편일기 덕분에 조금씩 이해할 수 있었다.

듣기보다 말하기 좋아하는 사람은 이해받고 싶은 욕구가 숨어 있다. 남의 얘기를 잘 들어주는 사람은 상대를 충분히 알 수 있다. 그래서 상대의 입장을 공감하고 역지사지의 마음도 생긴다. 이해받으려면 내가 먼저 상대의 말에 귀 기울여야 한다. 먼저 이해하고 그 다음에 이해받아라. 상대가 나를 이해하고 안 하고는 상대의 문제이다. 또한 지나친 간섭은 사회적 관계를 방해한다. 상대가 전혀 이해가 안될 때는 마음의 온도차가 있기 때문이다. 같은 주제에 다른 관점을 인정해야 한다. 또한 세상을 바라보는 내 것의 잣대를 내려놓아야 한다. 세상에는 다양한 관점이 있음을 이해해야 한다. 다른 관점이기에 해결 대안도 다르다.

사람들이 고민을 털어놓는 진짜 이유는 무엇일까? 혼자만의 고민은 더 이상 나만의 것이 아니다. 공감을 불러일으키고 이해를 통해 자신이 혼자가 아니라고 느끼는 것이다. 상대에게 자신의 가치를 증명해야 한다는 불안감도 사라진다. 확실하지 않는 것을 참지 못하는 본능의 불안감도 사라진다. 심리학자 하하키기 호세이는 어떻게 해야 할지 알 수 없을 때 곧바로 답을 내지 않고 지켜보는 힘을 '소극적 수용력(negative capability)'이라고 불렀다. 달리 말하면 불확실하거나, 놀랍거나, 회의적인 상태를 회피하지 않고 그 상태에 머무를 수 있는 능력을 말한다. 나는 하나의 주제로 책을 읽다가 다른 다양한 관점을 비교해서 본다. 모든 소통은 신뢰의 바탕 위에 '진실'만이 하나로 연결시킨다.

사람의 만남과 헤어짐은 서로에 대한 이해도로 결정된다. 굳이 안 해도 될 말로 서로의 마음을 불편하게 만든다. 무책임한 말을 뱉은 이는 기억조차 없다. 사람은 자기가 경험한 세계가 전부라고 착각한다. 내가 경험하지 않은 타인의 삶에 대해 함부로 재단하지 말자. 세상은 늘 변하고, 경험하지 못한 세계는 너무나 많다. 자신의 세계에 빠지면 남을 이해하는 힘이 떨어진다. 오해는 마음을 작게 만들지만, 이해는 관계를 만들어 간다. 우리는 상대를 이해하기보다 이해받기를 더 원한다. 사랑하지 않으면 마음의 대화는 어렵다.

글로벌 컨설팅그룹 브런스윅은 2019년 S&P500과 FTSE350 상장기업 중 '가장 소셜미디어를 잘 활용하는 CEO'로 맥밀런을 선정했다. 맥밀런은 월마트 아르바이트생으로 시작해 CEO 자리까지 오른 인물이다. 특히 주목할 것은 그가 소셜미디어를 활용해 회사를 바꾸는 방식이다. 그는 페이스북, 인스타그램 등에 일주일에 2~3개씩 꾸준히 올린다. 주로 직원들에 대한 얘기와 사진이 더 많다고 한다. 직원들의 고객 경험담을 공유해서 동기를 부여하고, 월마트에 대한 고객의 인식까지 바꿨다. 마치 사내 기자처럼 취재해 자신이 강조하고 싶은 월마트의 가치를 회사 내외부에 전파하는 것이다. 그는 말했다.

"소셜미디어는 내가 직원들의 노고에 '감사하다'고 말할 수 있는 곳이다."

서로의 이해도가 다를 때 소통이 어려워진다. 어떤 상황이나 입장에 따라 느끼는 감정은 다 다르다. 부모로서, 자식으로서, 남편이나 아내로서, 사장의 마음과 직원의 마음이 다르듯이 온전한 이해는 어렵다. 같은 관심사가 있는 사람끼리 만나도 생각은 다 다르다. 그냥 그 사람의 생각을 들으면 된다. 다름을 받아들이면서 타인의 생각을 그냥 들어주면 된다. 나의 잣대를 대고 분별하는 순간 마음은 상처를 받는다. 그냥 있는 그대로 상대의 논리도 인정해 줘야 한다. 견해 차이가 있거나 내 생각을 완전히 이해하지 못할 수도 있다. 상대방을 이해하는 데 더 좋은 방법은 그 상대가 되어 보는 것이다. 그런데 이것이 쉽지 않다. 그래서 온전히 이해하는 것은 어렵다. 공감소통이 중요한 이유다. 내 생각을 명확하게 드러내지 않은 게 문제라면, 그 부분에 대해 질문해서 다시 물으면 된다.

《연금술사》로 세계적인 베스트셀러 작가가 된 파울로 코엘료는 '인생에서 중요한 8가지' 라는 글을 올렸다. 자신이 쓴 소설에서 인용한 문장들을 엮었다. 그 내용을 보면,

1. 우리는 저마다 목적을 가진 존재다.
2. 자신과 자신의 꿈 사이에는 두려움만 있을 뿐이다.
3. 실수도 삶의 일부분이다.
4. 자신을 벗어나 사랑을 찾지 마라.
5. 자신이 변하면 세상도 함께 변한다.
6. 나의 삶을 살아라.
7. 대신 감정을 책임져 줄 수 있는 사람은 없다.
8. 진실하라.

사람은 본연의 중요한 역할을 하고 있다. 타인을 통해 사랑을 일깨우지만 타인 속에 있는 것이 아니다. 사랑을 한다면 다른 사람에게 상처를 줄 수 없다. 각자의 감정은 각자의 책임이다. 남의 감정에 너무 신경 쓰다 보면 스스로의 행동에 제약을 받는다. 내 감정의 주인공이 되어야 스스로 존중하는 삶을 산다. 특히 남을 잘 챙기거나 배려심이 깊다는 말을 자주 듣는 사람은 결국 혼자 지친다. 마음 수련을 하면서도 항상 나 자신부터 바꾸려 했다. 너무 짓눌려진 감정이 어느 날 팝콘처럼 터졌다. 화두를 오래 잡다 보니 스스로 예민함을 키웠다는 생각이 들었다. 그것이 나를 더욱 힘들게 했다는 걸 나중에야 깨달았다. 좋은 의도도 지나치면 부정적인 영향을 받는다. 다른 사람의 시선 따위는 이제 '안녕' 하고 나답게 잘 살자.

사람은 결국 큰 틀에서는 자기 관념 안에서 생각하고 결정한다. 상대에게 이해받으려고 하지 마라. 이해받으려는 마음에서 상대를 이해하는 마음으로 바꾸어 보라. 상대가 나를 온전히 이해해 주길 바라는 건 사실 나의 욕심이다. 사람은 세상을 바라보는 관점이 다 다르다. 상대에게 이해를 받으려면 나부터 마음을 내어야 한다. 어렵게 마음을 내었는데 상대가 못 받아들이면 또 다른 상처를 받는다. 남의 시선에 신경 쓰는 만큼 자신이 없어진다. 끊임없이 자신을 점검하다 보면 악순환에 빠지게 된다. 부정적인 말은 진실이 아니다. 자신에 대한 타인의 평가를 '자신의 문제'가 아닌 '상대의 문제'로 인식하는 것은 상대를 무시하는 게 아니다. 나를 긍정적으로 느끼는 힘은 내 안에서 나온다. 자신의 강점을 발견하고 지금의 나를 아낌없이 사랑하자.

04

# 지나가는 말을 진심으로
# 받아들이지 마라

사람은 하루에 얼마나 거짓말을 할까? 미국 캘리포니아 대학의 심리학자 제럴드 제리슨의 연구 결과에 의하면, 사람은 하루에 평균 200번의 거짓말을 한다고 한다. 연구팀의 분석에 따르면 정치인, 언론인, 변호사, 심리학자 등 사회적 접촉이 많은 사람들이 거짓말을 많이 한다고 밝혔다. 사람의 관계에서 예의상 하는 말 또한 대부분 다 거짓말인 것으로 나타났다.

한편, 2017년 EBS에서 방영한 〈거짓말〉에서는 하루 평균 3번의 거짓말을 한다는 연구 결과를 소개했다. 약속 시간에 늦었을 때 길이 막혔다거나, 싫은 친구의 전화에 미팅 중이라고 말하는 등 곤란한 상황을 피하기 위한 거짓말을 주로 하는 것으로 나타났다.

우리는 거짓말이 무엇인지 알고 있다고 생각한다. 하지만 거짓말은 수많은 종류가 있어 설명하기가 쉽지 않다. 남을 속이기 위한 목적의 거짓말이 있는가 하면 자신을 보호하기 위한 거짓말, 좋은 의도로 하는 선의의 거짓말까지 거짓말에 포함된다. 거짓말을 하는 것 자체가 긍정적으로 볼 수는 없다. 하지만 상황에 따라서는 상대방에게 긍정의 영향으로 좋은 결과를 만들기도 한다. 아이들은 보통 자신의 잘못을 감추거나(자기 보호적 거짓말) 다른 사람의 마음에 상처를 주지 않기 위해 친사회적 거짓말을 한다고 한다. 반면, 어른으로 상대방의 사소한 거짓말도 곧이곧대로 믿는 사람을 순진한 사람이라고 말한다. 흔히 이런 표현은 사회적 관계에서 상황판단이나 어눌한 처세로 눈치가 없다는 말로 해석되곤 한다. 심하면 사회적 부적응자로 원만한 인간관계를 어렵게 만들기도 한다. 다른 사람이 한 말을 곧이곧대로 믿어서는 안된다. 어떤 사람이 예스라고 말해도 그것은 진짜 예스가 아닐 수도 있다. 말 자체가 중요한 의미가 있는 것이 아닐 수도 있다. 그 말을 하는 사람의 품격에 따라 의미가 완전히 다를 수 있기 때문이다. 흔히 지나가는 말로 "밥 한번 먹어야지." 하면 으레 하는 인사말로 여기는 경우가 많다. 뻔한 거짓말로 생각할 수 있지만, 그것은 문화적 차이에서 오는 언어 습관이다.

미국의 인류학자 에드워드 홀은 의사소통과 관련하여 '고맥락/저맥락' 개념을 제시했다. 저맥락 커뮤니케이션은 말하는 사람이 겉으로 표현하는 뜻 외에 거의 숨은 뜻이 없는 커뮤니케이션으로 서양에서 흔히 볼 수 있다. 고맥락 커뮤니케이션은 겉으로 표현되는 것과는 다른 내용을 담고 있거나 보충하는 뜻이 담긴 커뮤니케이션으로 동양에서 흔히 볼 수 있다. 저맥락 문화에서는 의사소통이 주로 표현된 내용(대화, 글)에 의해 이루어지고, 이러한 표현은 직설적인 편인 반면, 고맥락 문화에서는 의사소통은 표현된 내용으로부터 상대방의 진의를 유추하는 단계를 중요하게 여긴다. 쉽게 말해 저맥락 문화에서는 생각을 말로 그대로 표현하기 때문에 맥락 또는 상황이 덜 중요하다. 반면, 고맥락 문화에서는 말보다는 말을 하는 맥락 또는 상황을 중요하게 여겨 상대방의 뜻을 미루어 짐작해야 할 필요성이 더 크다고 볼 수 있다. 동양에서의 소통은 흐름의 맥을 잡거나 상황 판단력이 더 중요하다. 그것은 행동이 보이지 않는 상황과 연결되어 있음을 이해해야 한다. 그래서 자신의 의사를 말과 문자로 분명히 밝히는 방식이 필요하다.

젊은 세대일수록 직설적으로 말하는 경향이 두드러진다. 그래서 상대의 말을 곧이곧대로 듣는다. 우리는 늘 속에 담긴 의미를 생각하면서 살순 없다. 눈치 없이 사는 게 때로는 마음 편하다. 이러한 문화적 차이는 상대를 안다고 생각하는 착각을 일으킨다. 섣부르게 추정하고 상대를 대하게 된다. 그러나 사람은 처음부터 투명하게 속을 드러내지 않는다.

사람의 말은 생각의 질량을 나타낸다. 말은 에너지이고 운동성을 갖는다. 지나가는 말은 붙잡지 말고 그냥 스쳐 지나가라. 그리고 처음 만나는 사람은 세 번은 만나 봐라. 세상의 모든 일은 원인과 결과가 있다. 이 원인들을 '업'이라고 한다. 이 원인들을 해결해야 정화가 일어난다. 사람은 각자의 관념으로 보고 듣는다. 내가 보고 싶은 대로 세상이 보이고 들린다. 같은 주제지만 관점이 다 다르듯이, 외부의 자극이 우리의 업식을 통해 다르게 다가온다. 내가 느끼는 것이 객관적 사실과는 다르다. 타인에 대한 이해가 곧 나의 업식의 투영이다. 그래서 자기 생각에 빠져 세상을 바라보면 시비에 휘말릴 수 있다. 자기 생각, 보는 거, 듣는 거가 다 옳다라고 하는 게 병이다. 한쪽으로만 치우친 생각이다. 나를 이해하면 세상을 이해하는 폭이 더 확장된다. 그렇게 바라보면 세상이 왜 다양하고 복잡한지 이해가 된다. 그래서 상대가 나와 다른 주장을 해도 화가 나거나 짜증이 나지 않는다. 그 사람들의 각자의 관점을 인정하게 된다. 또한 상대가 어떻게 해주기를 바라는 것도 욕심이라는 것을 알게 된다.

슬픈 감정에도 색깔이 있을까? 사람들은 슬플 때, 우울할 때, 괴로울 때 '세상이 회색빛이다' 라고 표현한다. 미국심리과학학회 학술지 '심리과학(Psychological Science)'에 실린 연구에 의하면, 크리스토퍼 토어스텐슨 로체스터 대 교수를 비롯한 연구팀은 사람의 기분 상태와 색깔 인지 능력 사이에 상관관계가 존재할 수 있다고 밝혔다. 슬픔과 분노 등 다양한 감정에 따라 색을 인지하는 정도가 다를 수 있다는 것이다. 즉, 슬픔을 느낄 때 특정한 색을 잘 구분하지 못한다고 한다. 기분과 감정에 따라 두 눈에 세상이 다르게 비칠 수 있다는 것이다. 연구자들은 하나의 그룹에는 영화 〈라이온킹〉의 슬픈 장면을, 다른 그룹에는 코미디 영상을 보여줬다. 이후 회색에 가깝게 채도와 음영을 조절한 빨강, 노랑, 초록, 파랑을 구분하는 실험을 했다. 슬픈 장면을 시청한 그룹은 코미디를 시청한 그룹에 비해 파랑색과 노랑색을 구분하는 데 어려움을 겪은 반면, 빨강색과 초록색은 수월하게 구분했다. 한편, 코미디를 시청한 그룹은 대부분 색을 구분했다. "슬픔은 신경전달 물질 기능에 영향을 미쳐 특정 색깔을 감지하는 시각 능력을 저해하는 것으로 보인다."고 연구팀은 말했다. 감정은 우리가 세상을 보는 방식에 큰 영향을 미칠 수 있다.

우리의 사고는 일방적이고 기억은 부정확하다. 그러나 우리 모두 각자의 '세계관'을 가지고 있다. 우리는 눈을 통해 세상을 보고, 귀를 통해 세상을 듣는다. 그 무엇보다 우리가 세상을 이해하는 방법은 '오감과 뇌'를 통해서다. 착시현상은 눈이 우리를 속인다고 생각하지만 실제로는 우리의 뇌가 착시 현상을 일으킨다고 한다. 우리는 가짜 뉴스가 판을 치는 '탈진실의 시대'에 살고 있다. 실제보다 더 부풀려지거나, 거짓이거나, 우리가 미처 몰랐던 가짜들이 세상에는 많다. 자본주의 세상의 승리는 정직한 사람보다는 설득력 있는 사람에게 돌아가기 때문이다. 진실이라고 모두 말할 필요가 없다. 이런 격언이 있다.

"우리는 세상을 있는 그대로 보는 것이 아니라 우리 스스로의 모습으로 본다."

세상은 우리에게 수많은 신호를 보내고, 우리는 보고 싶은 것을 선택하면서 모호성을 감소시킨다. 이처럼 세상에 대한 우리의 해석은 각자의 삶에 대한 관념의 차이다.

지나가는 말을 진심으로 받아들이면 그 원인으로 지나갈 길이 만들어진다. 남이야 어떻든 관여하지 말고 자기를 봐야 한다. 그러려면 가만히 내 안을 지켜보는 힘을 길러야 한다. 연습하고 몸소 경험해라. 안되는 것은 지금 되어 가는 중이다. 될 때까지 인내를 가지고 내적 힘을 기르면 자기모순을 그 자리에서 자를 수 있다. 번뇌는 자연스러운 것으로 일어날 만한 이유가 있어서 일어난다. 어느 순간 이해되는 마음이 일어나면 비로소 내려진다. 내 마음을 힘들게 붙잡고 있던 집착이 흘러 보내진다.

05

# 불편한 감정이 생기는 원인을
# 노트에 적어 보라


감정이 예민한 사람, 감정이 무디거나 잘 느끼지 못하는 사람은 타인과의 교감에 실패하기 쉽다. 감정은 쉽게 말하면 마음상태를 말한다. 감정이 표정과 호흡, 맥박 같은 신체적 반응들로 표현되는 것처럼 몸의 상태도 감정에 영향을 받는다. 감정이 몸에 변화를 일으키고, 건강의 균형을 잃으면 몸은 다시 감정을 지배하는 상황이 이어진다.

감정이란 마음의 작용이고, 마음은 우리 몸과 밀접한 관계를 갖는다. 몸과 마음은 유기적으로 연결되어 서로 영향을 끼친다. 감정은 뇌의 입장에서 보면 하나의 정보라고 한다. 우울증에 걸린 사람은 우울한 기분을 갖는데, 그 배경에는 기억정보가 있다고 한다. 감정이라는 마음의 작용이 우리 몸과 직결되기 때문에 몸을 다스리는 것이 감정조절에도 큰 도움이 된다.

불교는 유심사상에 입각하여 교리가 성립되기 때문에 모든 것들은 마음을 떠나 존재할 수 없다. 인간의 마음과 마음을 움직이는 기운인 물질과 정신의 관계가 상호 불가분의 관계가 있다는 사실을 보여준다. 인간은 5개의 감각기관을 가지고 있다. 이를 안, 이, 비, 설, 신이라고 부른다. 이를 통해 감각의식이 나타나는 것으로, 감각의식을 도출하는 대상을 색, 성, 향, 미, 촉이라 한다. 육근은 쉽게 말해서 오감과 의식이다. 오감과 의식이 부딪혀서 인식되는 대상을 '경계' 라고 한다. 오감과 의식이 경계에 부딪히면 그때 마음이 일어나는데, 이것을 일으킴이라고 한다. 사람의 기운은 크게 두 가지로 나눈다. 그것은 탐욕과 성냄이다. 탐욕은 단순히 탐욕만 말하는 게 아니라 좋아서 당기는 성질의 기운을 다 포괄한다. 성냄은 단순히 성냄만 말하는 게 아니라 싫어서 밀어내는 성질의 기운을 다 포괄한 용어이다. 그래서 인간이라면 누구나 좋은 것은 당기고 싫은 것은 밀어낸다.

탐욕과 성냄은 인간의 기본적인 생존본능이다. 그래서 자신이 싫은 것은 밀어내고, 그 대신 좋은 것은 당기려고 한다. 탐욕과 성냄이 한 세트로 움직이기 때문에 상대방이 싫으면 밀어내서 자신이 원하는 대로 상대방이 바뀌길 원한다. 즉, 상대방을 있는 그대로 수용하지 못한다는 것이다. 상대방을 있는 모습 그대로를 수용할 줄 알아야지 대인관계의 답이 나온다. 받아들이면 흘러가게 된다. 상대방은 바뀌지 않는다. 그렇기 때문에 상대방과 대인관계를 잘하려면 내가 바뀌어야 한다. 이해하면 깨닫고 집착을 내려놓으니 붙잡힌 감정이 흘러간다.

감정이 없으면 기억, 가치, 동기 등을 판단하는 모든 것이 어려워 합리적인 판단이 힘들기 때문이다. 감정은 기억에 직접적 영향을 준다. 그래서 감정과 함께 기억된 것은 기억이 잘된다. 감정을 억제시키면 오히려 기억력을 떨어뜨린다. 부정적 감정의 상황에서 아주 쉬운 기억도 힘들다. 엄청난 충격과 함께 기억된 감정기억은 중요한 순간에 소환된다. 지금이 그때의 상황과 공감이 다름에도 과거의 트라우마로 사람들을 힘들게 한다.

뇌 연구자들은 대뇌에서 어떤 판단을 내리기 전에 이미 감정적인 판단이 이루어진다는 것을 알아냈다고 한다. 판단은 이성적 작용도 크지만, 감성적으로 축적되고 훈련된 경험에 의한 경우도 많다. 감정도 습관이 된다는 것이다. 뇌의 상태를 바꾸는 확실하고도 기본적인 것이 바로 몸을 변화시키는 것이다. 인체 곳곳에 뻗어 있는 수많은 신경계는 뇌와 직접적으로 연결되어 있다고 한다. 몸에 변화를 주면 뇌가 금세 반응하게 되어 있다. 운동을 하면 몸도 좋아지지만 뇌도 발달한다. 그래서 제대로 된 감성이 있어야만 이성적이고 적극적인 행동이 가능하다. 이성과 감성은 인간이라는 동전의 분리할 수 없는 양면이다.

감정은 반드시 몸으로 나타난다. 감정은 존재성을 높이는 강력한 시스템이다. 감정을 느낄 때 우리는 존재성을 강하게 느낀다. 하지만 감정을 억압당할 때 우리의 존재는 폭발하는 것과 같다. 감정에 휘둘리는 사람은 사실 감정의 정체를 모른다. 감정의 억압은 스스로 보호하려는 방어기제의 현상이다. 생존을 위해, 살기 위해 무너지지 않으려고 애쓰다 생긴 무의식적인 보호막인 셈이다. 억압된 감정은 사라지지 않는다. 감정의 억압은 몸이 기억한다. 숨겨진 억압된 감정을 파악하는 것이 중요하다. 아프다는 건 지금 내 감정이 열심히 싸우고 있는 거다. 나쁜 습관이 지속되면 중독을 부른다. 고통을 없애려고 하지 말자. 자신의 감정을 관찰하고, 인정하고, 해석하는 연습이 필요하다. 그 근원의 이유를 찾아야 한다. 나를 돌아보는 연습을 하고 나를 갖추도록 하자. 그 시간을 겪어야 치유와 성장으로 나아갈 수 있다.

일본 최고의 의사 고바야시 히로유키가 전하는 《하루 세 줄, 마음정리법》 마음 리셋 처방법을 소개한다. 가장 쉬우면서도 간단해서 누구나 쉽게 활용할 수 있다.

세 줄 일기의 세 가지 주제는 다음과 같다.

1. 오늘 가장 안 좋았던 일
2. 오늘 가장 좋았던 일
3. 내일의 목표

쓰는 순서에도 의미가 있으니 순서대로 적는다. 솔직한 마음으로 오늘 가장 안 좋았던 부정적인 감정을 모두 적는다. 꾸준히 자신의 행동이나 감정의 상태를 기록한다. 나를 이해해 주는 마음이 쌓이다 보면 감정의 상태가 점점 투명해진다. 마음이 맑아지면서 밝아진다. 그리고 왜 그러한 감정이 일어났는지 이해가 되면 상처가 치유된다. 좀 더 객관적으로 나를 점검해 볼 수 있다. 상처는 결핍이고, 결핍은 사랑의 에너지가 필요하다. 나를 갖추라는 마음의 신호이다. 성공하는 사람들의 특징 중 하나는 결핍에서부터였다. 그 결핍을 극복하기 위해서 노력하고 도전했던 동기가 있어서다.

바른 분별을 위해서는 감정에 휘말리지 말아야 한다. 너무 화가 나거나 너무 좋은 것, 이런 넘치는 감정은 내 본질이 아닌 지나가는 감정의 물결이다. 어떤 작용으로 감정의 높낮이가 필요 이상으로 요동칠 때도 있다. '화가 난다, 짜증이 난다' 라고 하는 것은 어떠한 사고가 일어났을 때 근본 원인과 해결 방법을 모르면 화가 나고 짜증이 나는 것이다. 원인을 알고 내가 할 일을 알면 화가 나지 않는다. 그러므로 화가 나거나 짜증이 난다면 잠시 물러나서 상황을 지켜보고 나를 돌아봐야 한다. 화가 나고, 짜증이 난다고 그것을 밖으로 표출시켜서 남에게 전가시키면 그것이 튕겨서 결국 나에게 온다. 결국 내가 손해를 본다. 순간의 감정은 시간이 지나면 자연히 정리된다. 그때 움직이는 것이 지혜로운 처신이고 바른 분별을 할 수 있게 된다.

세상에 나쁜 감정, 좋은 감정은 없다. 다만 나름의 이유가 있을 뿐이다. 생각이 일어나고 나면 마음으로 전달된다. 마음이 움직이고 나서 감정을 느낀다. 생각은 지식을 갖춘 만큼 일어난다. 인간은 지식이 들어와서 정립이 되면 들어간 만큼 생각의 질량이 커진다. 생각의 흐름은 지식이 들어온 만큼의 영역이다. 나에게 그 감정이 왜 일어났는지에 대한 근원적 이해를 한다면 저절로 받아들여진다. 감정에 대한 해석력이 커지면 타인을 이해하는 능력도 개발된다. 스스로 마음이 열리게 된다. 오롯이 나를 위한 우주적인 마음의 작용이었음을.

# 06

# 외부자극에 느리게 반응하라

본격적으로 독서를 하며 즐기기 시작할 때 모 출판사 서평단 활동을 한 적이 있었다. 출판사에서 신간으로 청약을 주제로 한 책을 보내왔다. 그 인연으로 부동산 공부를 시작했다. 저자가 운영하는 네이버 카페에서 부동산강의도 들었다. 그 강사와 연결된 다른 강사들 수업도 들었다. 그 중에는 모 방송국에서 악마의 편집이라고 찬반이 뜨거웠던 부동산 강사도 있었다. 알게 모르게 다 연결이 되어 있어서 흥미로웠다. 부동산 공부를 하면서 그 환경 속에 있는 사람들을 통해 마음탐구도 할 수 있었다.

사람은 에너지 파동이 비슷한 사람끼리 만나고 모인다. 사람들의 인기가 모여 빛이 나기 시작하면 영향력이 확장된다. 그 힘은 점점 커져 상상을 초월하는 폭발력도 발휘한다. 좀 더 우위에 있는 리더는 회원들을 잘 이끌면서 자신의 조직을 키운다. 우연한 기회에 온라인 부동산 스터디에 참여하게 되었다. 부동산과 관련된 모든 것들을 질문하면 잘 설명해 주었다. 부동산과 관련되는 고민과 해결안도 잘 설명해 주었다. 그 당시 정부의 강력한 부동산 규제정책으로 몇몇 회원들의 노골적인 정부비난이 시작되었다. 그러더니 차츰 단톡방 분위기가 과격해졌다. 그 와중에도 나는 부동산 공부와 함께 부동산을 움직이는 사람들의 심리까지도 공부할 수 있었다. 대부분의 회원들은 재테크에 관심이 많은 사업가나 전문 지식인들로 다주택자가 많았다. 국회의원들이 법안을 발의만 해도 흥분하기 일쑤였다. 피 같은 사유자산인데 정부가 지나치게 관여를 한다면서 목소리가 커졌다. 공부가 아니었다면 단톡방을 그냥 나왔을 거 같다. 그 자리에 머물러 있는 것 자체가 마음공부였다. 대화를 주도하는 회원들 대부분은 전문가 수준의 지식이 있음에도 여전히 독하게 공부를 하고 있었다. 반면 정부 탓, 남 탓하는 독설 때문에 단톡방은 어느새 읽는 것 자체가 탁한 공기를 마시는 듯했다.

흥분한 감정은 더 강한 흥분을 일으켰다. 감정도 보이지 않게 주변으로 전염된다. 특히 부정적인 감정은 전염되는 속도도 더 빠르다. 주변 사람들의 흥분된 감정에 휘말려서는 안된다. 그래서 내 마음의 중심을 잡을 목표를 분명히 하면서 대하는 게 좋다. 명상을 할 때에도 '화두'를 잡으라고 하지 않던가. 화두를 잡지 않으면 멍한 상태에서 정신을 놓는다. 특히나 명상은 기본 마음수행을 하고 난 후 하는 것이 좋다. 무턱대고 호흡으로 몸을 열었다가 망가지는 경우도 많다고 한다. 명상을 통해서도 기감이 발달되기도 한다. 일반적으로 남들보다 감정이 지나치게 반응하는 사람을 예민하다고 한다. 직업적 성격이나 인생의 큰 충격을 겪을 때 마음의 변화로 오기도 한다. 심하면 심리치료나 약물의 도움이 필요하다. 예민한 사람은 주변사람들의 감정에도 지나치게 영향을 받는다. 상대의 한마디에도 많은 생각을 한다. 처한 상황이나 환경에 따라 도움이 되기도 하지만, 인간관계에서는 마음이 불편하다. 소통도 없이 혼자 별생각을 다 하는 경우는 인간관계까지 망치게 된다. 상황을 자기식대로 지레짐작해서 오해를 불러일으킨다. 눈치가 없으면 차라리 솔직함이 더 낫다. 우리는 자신만의 세상에서 사는 경우도 많다. 사람과 섞여 살면서 상대가 무슨 생각을 하고 사는지 다 알 필요는 없다. 타인의 삶을 간섭하지 말고 나 자신에 집중하자.

나는 오랫동안 불교 선원에서 마음공부를 해왔다. 늘 생각이 많았던 나는 어떤 것에 꽂히면 정신없이 빠져서 배우곤 했다. 흥미를 잃을 때까지 전투적으로 하다가 이정도면 충분하다는 생각이 들면 그만 두기도 했다. 언니는 호기심 많은 내게 끈기가 없다고 종종 지적했다. 그래도 어쩌랴. 의미를 채우면 더 이상 관심을 두지 않는다. 그러나 불교는 나에게 성공학이고 마음학이면서 과학적이었다. 마음의 실체는 보이지 않았지만 수련을 통해 마음의 개념이 조금씩 정립이 되어 갔다. 당시 나는 주식 투자로 마음이 무너진 상태였다. 서브 프라임까지 겪으면서 무모한 투자를 하고 있었다. 절망과 상처만 남기고 온 세상이 잿빛처럼 타버렸다. 108배 절운동이 한참 유행할 때 우연하게 불교와 인연이 되었다. 무리한 투자로 상처받아 굳게 닫힌 마음이 서서히 회복이 되어갔다. 마음의 평화와 즐거움이 생기니 얼굴 찰색부터 달라졌다. 피부는 좋은 화장품을 쓰지 않아도 도자기처럼 은은한 빛이 감돌았다. 처음 인연이 된 사찰에서 공부를 어느 정도 마치니 자연스럽게 다른 사찰로 공부인연이 바뀌었다. 지금 생각해 보니 공부 또한 시절인연으로 다가왔다. 명상을 전문적으로 가르치는 선원에서는 호흡의 흐름을 따라가는 수련을 하였다. 당시 프리랜서처럼 일을 했기 때문에 시간이 자유로웠다. 명상수업은 점심 이후 시간을 선택했다. 그래서인지 명상시간에는 졸음이 찾아오고 집중이 잘 안됐다. 스님과의 차

담시간에 잠시 명상시간에 졸음이 오는 이유에 대해 여쭤 봤다. 장황하게 질문을 드려서인지 툭 하고 명확하게 설명을 안 해 주셨다. 답답했지만 그냥 흘러갔다. 나중에 스스로 깨닫게 된 것은 내가 질문하고 내가 스스로 내 답을 내고 있었다는 사실이었다. 말하자면 스님께 질문 드릴 때 알아차림이 안되어 스스로 답을 못 찾고 헤맨 것이었다. 나중에서야 '아하!' 하면서 생각의 확장성이 일어났다.

그리고 책을 쓰면서 알게 되었다. 스님의 크신 사랑의 자비심을... 무한 감사 올립니다.


인간의 감정은 긴장과 이완이라는 형식으로 작동된다. 개인의 성향이나 환경에 따라 다양한 양상은 보이기도 한다. 보편적으로 그 균형점을 찾아 느리거나 과민하게 반응하기도 한다. 과민 반응이란 감각이나 감정이 지나치게 예민하여 작은 자극에도 민감하게 나타나는 반응이다. 지나치게 강한 자기방어 기제로 사회부적응자로 낙인찍힐 수도 있다.

반대로 감정이 무디게 작용하여 무던한 사람으로 보여지기도 한다. 또한 상황에 따라 눈치 없고 분위기 파악도 못한다고 핀잔을 듣기도 한다. 그리고 인간의 감정이란 대상에 따라, 상황에 따라 늘 변하기도 한다. 감정에 지나치게 반응할 때 그 마음속을 들여다봐야 한다. 그 요동하는 마음의 근원을 찾기 위한 신호를 알아차려야 한다. 마치 엄마가 아이의 옹알이의 의미를 알아차리듯이 말이다.

고민을 터놓을 곳이 없어서 답답할 때 나는 주로 글을 썼다. 주로 나와의 대화로 일기를 썼다. 여러 권의 일기장은 결혼하고 얼마 후 홀가분하게 정리를 했다. 지금도 미련은 없다. 그만큼 나의 걱정을 누구한테 상담해서 풀기보다는 내 노트에 기록하고 쌓아두기 일쑤였다. 지금도 누군가가 걱정할까 봐 내 선에서 마음을 정리하는 게 더 많다. 그러한 모습을 알아차린 지인이 "삶은 누구나 각자의 몫이 있다."고 했다. 마음수련의 여정을 어느 정도 겪고 나니 그 의미를 이해할 수 있었다. 각자의 몫을 해야 견고하게 나의 삶을 살아간다고. 외부의 자극에 지나치게 반응하는 것은 그것과도 연관이 있다. 무심하게 지나갈 것도 위로한답시고 개입하면 결국 상처만 돌아온다. 그것이 하나씩 하나씩 쌓이면 몸이 이상신호를 보내온다. 보이지 않은 수많은 이해관계가 엮어 있기 때문에 현상만 보고 판단하면 안된다. 그래서 무심하게 흘러갈 것은 흘려보내야 한다. 나와 상관없는 타인들끼리의 감정싸움은 더더욱 그러하다. 서로의 감정들이 뒤엉켜 일어나면 진흙탕 싸움이 된다. 그저 묵묵하게 내 길을 가다 보면 스스로 해결점을 찾아가게 된다. 기다려주는 인내가 정말 필요하다.

외부자극에 지나치게 민감해 질 때 나를 돌아봐야 한다. 몸과 마음의 상태부터 점검해 봐야 한다. 뭐든 지나치게 반응하는 것은 이유가 있기 때문이다 마음이 우리에게 주는 신호이다. 그 불안요소를 해결하는 방법부터 찾아보자. 해결할 수 있으면 방법을 찾아보고, 그렇지 않으면 일단은 흘려보내자. 적절한 스트레스는 긴장감을 주어 준비를 하게 만들지만, 심하면 나를 짓누르고 몸과 마음의 균형을 깨트린다. 잠들기 전에 그날 하루를 글로 잘 정리해 보는 것도 좋다. 역지사지의 마음으로 생각하다 보면 이해로 변한다. 관점을 다르게 보면 세상을 좀 더 확장시켜서 볼 수 있다. 나만의 힐링 요법으로 운동이나 명상으로 마음을 다독이는 것도 좋다. 삶의 균형점을 찾는 것이 마음과 몸의 균형점이다. 내가 나를 알고 이해하면 내 앞의 인연을 바르게 대할 수 있다. 마음의 공간을 잘 관리해서 새로운 삶의 변화에 잘 순응하자.

# 07

# 두려움을 합리적으로 생각하게끔
# 도와주는 감정이라고 여겨라

나는 두려움을 용기를 내라는 마음의 소리로 받아들였다. 또한 그 두려움을 극복하려면 용기가 필요하다. 실제 두려움의 대상을 발견했을 때 생각보다 별거 아닌 경우도 많았다. 그저 무지해서 일어나는 감정인 경우가 많았기 때문이다. 아이러니하게도 용기란 그 두려움에 휩싸였을 때 생겨나기도 한다. 순간의 두려움은 일시적 현상의 감정일 경우도 있다. 복잡한 마음을 쉬면 자연스럽게 흘러갈 감정일 뿐이다. 하지만 지속적인 두려움은 나의 변화의 시점이라는 것을 경험했다.

K대학 부동산경매전문가과정을 공부하면서 다양한 만남을 가졌다. 각 분야의 대가들을 만나서 그분들의 깊은 지식과 부동산을 대하는 철학, 인사이트를 많이 배웠다. 또한 대가들의 고충

도 듣게 되었다. 4개월 동안 잘 배웠고, 논문 준비하는 팀원들과 즐겁게 토론하면서 공부했다. 졸업이 며칠 남지 않은 어느 날 나는 담당 교수님께 지원서를 보냈다. 실전을 통해 좀 더 공부하고 싶은 마음에 부동산연구원으로 지원서를 보낸 것이다. 며칠 후에 연락이 왔다. 많은 고민이 있으셨다고 한다. 사실 내가 지원서를 보낸 이유는 교수님의 수업시간에 한 말씀들 때문이다. 수업시간에 말씀하신 속마음을 알아차렸고, 뭔가 변화를 추구해야 한다는 주변 지인 분들의 제안들을 말씀하셨다. 나 또한 졸업 후에도 좀 더 실전을 통해 배우고 싶은 마음이 간절했기 때문에 그 소리가 더 크게 들렸다. 교수님과 통화를 하다 보니 연세가 있으셔서인지 새로운 변화를 꾀하는 데는 용기와 시간이 필요하신 듯했다. 생각과 행동이 다른 이유를 충분히 이해했다. 그리고 나는 나의 용기에 더 큰 의미를 두었다. 그런 마음이 하나 심어지니까 막연했던 어떤 두려움이 용기라는 감정으로 바뀌었다. 자신 있게 시도해 보고, 용기 있게 도전해 보면 세상은 늘 기회의 천국이 된다.

두려움은 대표적인 부정적 감정이다. 그 두려움 속에는 분노, 불안, 공포, 걱정, 이기심, 질투, 수치심, 스트레스 등을 느낀다. 어떤 생존을 위해 우리 몸에 자연스럽게 전환되는 감정들이다.

살아남기 위한 무기로 늘 우리 곁에 머물다 흘러가기도 한다. 지나친 두려움은 조절이 필요하지만, 생존이 아닌 성장으로 추구해야 한다. 그 성장이 진화의 과정으로 넘어가려면 두려움을 대하는 태도가 중요하다. 두려움을 기꺼이 받아들이고 그것을 극복하기 위해 도전하고 노력한다. 실패는 하나의 성공으로 가는 과정일 뿐, 두려움 자체는 그 여정에 필요한 양분이 된다.

미국 역사상 유일하게 4선에 성공한 루즈벨트 대통령은 다음과 같은 명언을 남겼다.

"오직 한 가지 우리가 두려워해야 할 것은 두려움 그 자체다."

실제 두려움은 실체 없는 허상일 경우가 많다. 두려운 생각에 사로잡혀서는 내 꿈을 향해 앞으로 나가지 못한다. 불확실성에 대한 염려는 우리가 해결할 수 있다. 세상을 향한 작은 용기와 앞으로 나아가는 원천적인 힘, 나만의 역량을 함께 키워야 한다. 누구나 변화에 대한 두려움은 가지고 있다. 내면의 불안을 떨치려면 두려움을 바르게 이해하는 자기탐구가 필요하다. 내면의 소리에 귀 기울이고 두려움이 주는 실체를 바로 봐야 한다.

크리스틴 울머의 저서 《두려움의 기술》에는 '두려움(fear)' 이라는 다양한 자료들이 많다. 저자 자신이 직접 경험한 두려움에 몰입하고 연구한 일기식의 기록을 책으로 엮었다. 이 책을 통해 두려움에 대한 전반적인 이해를 하는 데 도움이 되었다. 특히 저자는 두려움과 나눴던 친밀한 대화를 기록했다. 그녀는 글로벌 스포츠 월간지 〈파우더(powder)〉 선정 '세상에서 가장 겁 없는 여성 스키어'이자 역대 동계올림픽 스키 금메달리스트들이 만장일치로 뽑은' 익스트림 스키의 여제'다. 은퇴 후 심리상담사로 활동하며 독창적인 두려움 전문 심리 상담 프로그램을 개발한 것으로 유명하다. 저자는 두려움을 절대로 극복할 수 없는 감정이라고 단언한다. 오히려 적극적으로 받아들여야 하는 소중한 마음속 친구라고 주장한다. 두려움에 관한 한 누구보다도 경험이 많기 때문이 아닐까. 사람들이 두려움 때문에 스트레스를 받고 원치 않는 삶을 사는 까닭은 이른바 두려움의 사용법을 잘 모르기 때문이라고 역설한다. 이 책은 우리가 흔히 '나쁜 감정'이라고 여기는 두려움의 본래 기능을 회복하고, 그것을 삶의 에너지로 전환시킬 수 있는 방법을 설명하고 있다. 감정 노동과 분노조절 장애를 겪고 있는 사회적 문제를 야기하고 있는 오늘날 꼭 읽어봐야 할 책이다.

사람이라면 살면서 누구나 '두려움'이라는 감정을 느낀다. 생명의 위협에서 오는 본능적인 공포심에서부터, 잘 알지 못하는 것에 대한 막연한 압박감이 두려움으로 작용한다. 그런데 두려움은 우리에게 반드시 있어야 할 감정이다. 두려움이 없다면 매사에 조심성 없고 무모하게 행동할 것이기 때문이다. 두려움 덕분에 우리는 보다 이성적이고 합리적으로 생각할 수 있는 것이다. 그러나 지금껏 우리는 두려움을 회피하거나, 억누르거나 극복해야 할 감정으로만 여겨왔다.

2018년 5월에 나는 작가학교와 인연이 닿았다. 그 당시 나는 서울역에 위치한 C병원에서 난임 치료를 받는 중이었다. 몸과 마음이 너무 힘들고 하루하루 지쳐만 갔다. 책 쓰기 학교는 집에서 가까웠고 즐겁게 수업을 들었다. 새로운 분야에 대한 호기심은 병원을 다니는 동안 억눌려 있던 마음을 열게 했다. 책 쓰기 수업을 듣는 비용이 생각보다 많이 비쌌다. 모든 과정을 다 듣지는 못했지만, 필요한 과정은 대부분 들었다. 비용이 만만치 않았고, 임신준비로 일을 쉬고 있는 나에게는 부담스럽기도 했다. 작가학교 동기 중 나를 포함하여 3명의 동기는 출판이 늦어졌다. 어찌됐든 정해진 주제로 책을 출판하였다. 내가 출판한 책은 마음에 관한 것이었다. 동양의 마음공부를 글로 표현하려니 서양의 심리학 용어가 더 친근했다. 동서양의 용어부터 더 혼동되고 헷갈렸다. 책 쓰기 학교 대표강사와 상담을 해도 해결 방법이 없었다. 오히려 다른 프로그램을 더 들으라는 식이다. 결국 공저 2권만 남긴 채 나의 전공 책은 마무리를 하지 못하고 지나갔다. 2019년 또다시 다른 공부를 하러 다녔다. 2020년은 코로나 유행으로 최소한의 수업만 골라서 들었다. 책을 마무리 하지 못한 부담감은 세월의 무게만큼 무거웠다. 서재에는 읽어야 할 책들만 쌓여갔다. 남편과 의견이 안 맞아 말싸움이라도 하게 될 때 책 쓰기 공부에 들어간 비용부터 들먹이기 일쑤였다. 돈에 대해 유독 예민했던 남편이 미웠다. 그럴수록 마음의 무게감은 더 쌓여만 갔다.

그리고 3년이 흘렀다. 나는 지금 집근처 스터디카페에서 3년 전에 멈추었던 글을 마무리 하고 있다. 처음 책 쓰기를 시작할 때 격려와 희망을 가득 안겨 준 남편이 왜 그렇게 화를 냈는지 깨닫게 되었다. 부부는 서로의 마음이 공명되어 감정도 연결되어 있다. 서로의 감정이 엇박자를 낼 때 특히 더 조심해야 한다. 나쁜 감정은 다른 부정적인 감정을 끌어당기는 힘이 더 강하다. 주변의 압박이 컸지만, 더 확장된 공부와 경험, 정신적인 수련이 되었다. 그리고 그러한 인연들이 내게 온 연유를 이해하게 되었다. 만약 두려움이 없었더라면 중간에 아예 포기했을 것이다. 두려움을 껴안고 흘러왔기에 다시금 용기를 얻었다. 그리고 마지막 남은 작업을 수행 중이다. 나에게는 뜻 깊은 경험이고, 나의 소중한 경험과 깨달음이 다른 사람들에게 위로와 치유가 되길 바란다. 사실 글을 쓰는 과정 속에서 마음의 치유와 회복을 동시에 받고 있다. 두려움은 나를 도와주는 마음속의 소중한 친구 같은 존재이다.

# 08

# 예민함을 장점으로 여겨라

사람들은 상대가 나와 다르거나 마음이 맞지 않는 다는 이유로 불평불만을 내비치곤 한다. 유독 어느 부분에 대해 예민하다고 쏘아 붙인다. 대개의 경우 어떤 상황에 감정선이 부딪히면 그런 작용이 일어난다. 마치 나의 잠재되어 있던 감성이 어떤 환경에서 다시 살아나듯 말이다. 과거 불편한 감정으로 뭉쳐 있던 것들이 다시 일어나는 순간이다. 사회생활에서 불편한 감정으로 생긴 특별한 기억은 없다. 남들처럼 나도 일에 묻혀 살아서 그럴 만한 겨를이 없었다.

미국의 심리학자 일레인 아론이 HSP라는 개념을 처음 이야기 했다. 'HSP(Highly Sensitive Person)' 는 '매우 예민한 사람' 이라 는 뜻이다. 아론 박사는 사람 중에 약 20퍼센트가 타인보다 예민해서 자극에 쉽게 반응하는 HSP 성향을 가진다고 말한다. 중요한 사실은 이 예민함이 생물에게 반드시 필요한 기질이라는 것이다. 예민함은 타고난 기질이라서 쉽게 바꿀 수는 없다고 한다. 혹자는 유전적인 게 아니라 예민한 부모로부터 닮아간다고 말하기도 한다. 의학적인 용어에 너무 깊게 연연하거나 묶이지는 말자. 후천적인 성격이나 사고방식에 따라 보완이 가능하기 때문이다. 내성적이거나 겁이 많으면 훈련을 통해 극복할 수 있다. 삶에 그 기질을 잘 활용할 수 있다면 신이 주신 축복이고 선물이다. 사는 데 필요하니까 나의 기질로 잘 쓰면 좋지 않을까.

'왓칭'은 자신의 생각을 있는 그대로 바라보고 제3자의 눈으로 관찰하듯이 보는 마음수련법 중 하나이다. 명상전문 선원에서 스님의 지도 하에 호흡명상을 공부했다. 널뛰는 감정을 지극히 바라보면 어느 순간에 바람처럼 흘러간다. 감정이란 잠시 내게 온 손님 같은 존재다. 우리의 삶과 온전히 함께 가야 할 동반자다. 마음공부를 하다 보니 명상이 가부좌 자세로 앉아서 하는 것만이 아니라는 걸 알았다. 철학자이자 인문학자인 윤홍식 대표의 말에 의하면, 명상은 진통제 역할을 한다고 한다. 명상에 대해 잘 이해되게 설명을 해서 따라하곤 했다. 호흡은 일종의 보충제라 했다. 명상이 스트레스로 인한 통증을 완화해 주는 좋은 효과도 있지만, 잘못 쓰면 부작용도 많다. 일상에서 쉽게 하는 것으로 독서, 산책, 운동, 요리, 연애도 다 좋은 명상이라고 생각한다. 자기만의 적절한 스트레스 해소법을 개발하는 것도 방법이다. 우리 인간이 희로애락이 없으면 얼마나 무미건조한 삶일까? 예민한 감정을 조금만 다듬으면 멋진 보석을 선물 받게 될 것이다.

'왓칭' 마음수련을 통해 알아차림이 좀 더 좋아졌다. 공부로 인연을 맺은 스승들께 늘 감사하다. 좋은 공부 인연들 덕분에 마음이 많이 맑혀졌다. 마음공부를 하면서 인연들이 바뀌는 것을 경험했다. 바뀐 환경에서 또 열심히 공부했다. 그런 것들이 마음의 내공으로 쌓여갔다. 어느 날 소통이 원활했었던 우리 부부에게 위기가 왔다. 세계관이나 삶의 관점이 달라도 서로를 존중해 왔다. 코로나와 여러 가지 이유로 건설업을 하고 있는 남편의 사업이 정체되기 시작했다. 자기만의 인생철학이 강한 남편에게 협업이나 상생은 생각보다 쉽지 않았다. 만나게 되면 결이 완전히 정반대의 사람들과 인연이 되니 그것도 문제였다. 그 당시 나에게도 뭔가 정체된 기분이 들기 시작했다. 어느 지점에서 마음이 대치하게 된 것이다. 그동안 공부했던 모든 것을 내려놓고 백일 동안 흐르는 대로 무심하게 바라봤다. 타인의 관점이나 입장이 조금 이해되었다. 그런데 나에게 뭔가 예민함이 증폭된 것을 느꼈다. 평소 기감이 뛰어난 남편과 다른 관점으로 충돌이 일어났다. 상황이 안 좋으니 서로의 다른 관점은 갈등을 키웠다. 나는 너무 치우친 마음을 중도로 돌리기 위해 백일 동안 노력하기로 했다. '알아차림'이 신이 주신 축복이고 선물이지만 책임도 따른다는 것을 안다. 사람마다 기질과 재능이 있기에 잘 융합해서 잘 쓰면 얼마나 좋겠는가. 다만 그 중도의 접점은 나만의 공유영역으로써 그 누구도 범접하지 못한다. 자기 주도적인 삶의 자유결정이 뒤따른다.

나는 같은 주제를 다양한 관점으로 바라본다. 뉴스기사를 보더라도 같은 주제를 다양한 관점으로 접근한다. 독자는 그 균형점을 잘 찾아 세상의 소리를 듣고 나에게 맞게 판단하며 살아간다. 최근에 깨달은 것 중 하나다. 살면서 어떤 인연을 만나느냐에 따라서 내 인생의 방향점이 달라진다는 것이다. 나는 나와 관점이 전혀 다른 남편을 이해한다는 차원으로 시댁을 3년 반 동안 화두삼아 공부한 적이 있다. 결국 내가 정리한 것은 세상을 바라보는 관점의 차이였다. 사람들은 자기만의 방식으로 바라보는 데서 오해하기 시작한다. 그 과정에서 갈등과 소통에 어려움을 겪는다. 더 깊은 내면의 세계로 들어가면 한도 끝도 없다. 결국 내가 이해한 것은 누구나 각자의 몫이 있다는 것이다. 그 이후 남편의 말대로 시키지도 않은 것들은 그만 두었다. 내 기본 역할에만 충실하고 중도를 지키는 게 더 중요함을 느꼈다. 이제 진짜 화두는 나를 다시 찾고 진짜 나를 사랑하는 법이다.

'과유불급.' 지나치면 모자람만 못하다는 말이다. 예민한 성격을 가진 이들은 남들보다 불편한 삶을 살기 때문에 스스로 지치고 힘들어하는 경향이 있다. 예민한 사람들은 남이 보지 못하는 걸 보고, 듣고, 느낀다. 그것을 바라보는 자신과 인연에 따라 해석이 달라진다. 마음속 내면의 울림을 가만히 '왓칭' 하다 보면 그 이유를 알게 된다. 마음수련을 통해 이런 훈련을 해왔다. 예민함은 그냥 일어나지 않는다. 성향이나 감정은 자기 스스로 선천적으로 만들어지는 것이 아니라 과거의 경험, 타인과의 관계 형성으로 만들어진다. 때문에 자신의 취약한 감정이 주변으로부터 영향을 받을 수도 있다. 살아온 가정환경이나 부모로부터 이어져 내려온 기질의 영향일 때도 있다. 서로의 가정 배경이나 경험에서 오는 차이를 보지 못했다. 단지 '나는 맞고 너는 틀리다.' 라는 식이다. 세상만사 모든 것은 강점과 단점이 항상 같이 움직인다. 관점의 차이기 때문이다. 예를 들어 예민함이 섬세하다거나, 남들이 못 느끼는 배려가 깊을 수 있다.

나는 시각과 후각에 더 민감하다. 어렸을 때는 겨울에 비염이 심해져서 냄새를 잘 맡지 못했다. 건강해지면서 냄새에 더 민감해졌고, 어쩌면 정상으로 돌아온 것일지도 모르겠다. 안경을 쓰고 있지만 시각적인 정보에 눈을 많이 쓰다 보면 쉽게 피로감이 온다. 그래서 자주 자연으로의 소리와 풍경을 보면서 마음을 쉬게 한다. 마음수련을 하면서 내가 보는 세상이 다가 아닌 것을 깨달았다. 그래서 삶의 균형을 지키는 '중도'에 화두를 잡곤 했었다. 내가 보는 세상과 남이 보는 세상의 차이를 이해할 때 마음의 평화가 찾아온다. 내 곁에 있는 사람이 예민하다면 나는 어떻게 해야 할까. 특히나 가족이나 부부는 마음이 서로 공명되기 때문에 과잉자극이 일어나지 않도록 배려하는 자세가 필요하다.

스스로가 예민해서 고생하던 정신과 의사 니시와키 슌지의 책 《예민한 사람도 마음이 편안해지는 작은 습관》에 이런 내용이 있다. 정신과의사가 말하는 유독 예민한 사람들의 4가지 공통점이 있는데 그 내용을 보면 다음과 같다.
'첫째, 생각이 복잡하고 사려 깊다. 둘째, 자극에 민감하게 반응한다. 셋째, 감정이입과 공감성이 뛰어나다. 넷째, 오감이 예민하다.'

실제로 임상을 통해 효과를 본 3가지 방법도 제시했는데, 나는 관점을 다르게 본다. 불편한 감정에 저항하지 말고 강점에 좀 더 집중하자는 것이다. 그러기 위해서는 먼저 내 자신에 대한 태도의 변화가 필요하다. 있는 그대로 인정하고 받아들이는 열린 마음이다. 스스로를 엄격하게 평가하지 말고 기대와 실제를 인식하며 작은 노력부터 실행해 보는 것이다.

# 제5장

# 나는 지금 이대로 충분히 괜찮은 사람이다

## Emotion

PART

05

01

# 나는 지금 이대로 충분히
# 괜찮은 사람이다

내가 '마음'에 대한 책을 쓰기 시작한 것은 3년 전이다. 결혼 후 1년 동안은 남편 건강에 신경 쓰고, 2년 차부터는 난임 병원을 다니면서 2세를 준비하고 있을 때였다. 우연한 인연으로 책 쓰기 학교에 들어가 공부하면서 마음에 관한 것들을 정리하기 시작했다. 마음공부를 한답시고 이곳저곳에서 해왔던 공부들을 막상 정리하려고 하니 쉽지 않았다. 동양의 마음공부를 글로 표현하기에는 모호한 부분이 많았다. 서양의 심리학적 관점과 비교하며 다시 공부했다. 남편은 책을 마무리하지 않고 있으니 어지간히 답답했던 모양이다. 그 여정 안에는 부부 공부, 난임 공부, 시댁 공부, 대가들의 마음, 사업 공부 등 여러 가지를 겪으면서 세상공부로 확장되어 갔다.

민감성 연구의 최고 권위자로 베스트셀러《컴 클로저》의 저자 일자 샌드는 이렇게 말했다.

'민감한 사람일수록 자기감정을 돌보지 못한다. 대인적 자기보호는 다른 사람이 나에게 가까이 오지 못하도록 만들고, 심리 내적 자기보호는 나 자신의 생각, 느낌, 욕망으로부터 나를 차단한다. 그런데 이 두 가지는 서로 연결되어 있다. 한 사람의 내적 심리 상태는 타인과의 친밀함이나 타인의 부재 등 대인적인 부분에 크게 영향을 받기 때문이다. 이렇게 내적심리와 대인관계는 서로 밀접하게 맞물려 있다. 우리는 다양한 관계를 맺으면서 서로가 서로의 내면에 수많은 감정과 반응을 불러일으킨다. 자기보호 전략에서도 내면을 대상으로 한 심리 내적 전략과 타인을 대상으로 한 대인적 전략, 이 두 가지는 서로를 보완하기도 한다.'

자기보호 자체는 문제가 되지 않는다. 왜냐하면 자기보호는 흔히 자신도 자각하지 못하는 사이에 일어난다. 그것은 우리의 내적 자아가 스스로를 지키고 보호하기 위해 먼저 작동하기 때문이다. 정신분석학자 프로이트는 이를 '방어기제'라고 표현했다. 자기 자신을 보호 하는 무의식적인 행동은 분명한 목적이 있다. 하지만 스스로를 보호한다는 무의식이 자기방어가 내 의지와는 상관없이 시도 때도 없이 반사적으로 나온다면 문제가 될 수 있다. 문제가 되는 큰 이유는 너무 많이 사용하거나, 너무 적게 사용하기 때문이다. 자신이 어떤 방식으로 자기보호를 하는지 인지하는 것이 매우 중요하다. 나의 자유의지로 세상과 조율할 수 있는 바른 알아차림이 필요하다. 흔히들 나에 대한 사랑과 이해를 강조하는데, 사람의 성향에 따라 조금씩 다른 양상을 보이는 거 같다.

누구나 처음 살아본 인생이 완벽할 순 없다. 완벽한 부모도 없고, 완벽한 부부도 없다. 나를 안전하게 지키면서 세상과 가까워지는 법을 스스로 터득해 가는 것이 삶의 여정이 아닐까. 사회적 관계 맺기를 싫어하는 사람들이 있다. 그 원인으로 자기보호를 제시한다. 우리의 마음 안에는 자신은 물론 타인과의 거리를 두려는 무의식적인 정신 역동이 있다고 한다. 이것이 사람들과의 사회적인 관계 맺기를 끊임없이 방해한다. 행복의 조건 중 으뜸은 성숙한 자기보호다. 나도 싫어하는 내 모습이 나를 지키는 든든한 보호막이 되기도 한다. 남을 밀어내는 '자기방어'를 나를 지키는 '자기보호'로 바꾸면 훨씬 더 행복해진다.

마음수련 동안 사람연구 차원에서 자발적 취업을 한 적이 있었다. 무엇보다 사람을 좀 더 관찰하고, 연구하고 싶은 마음이 간절할 때였다. 무조건 사람과 많이 만나는 직업을 갖고 싶었다. 그리고 직업적성 검사 때 금융업이 궁합에 맞는다고 한 것이 생각났다. 마치 소설에 나오는 이야기처럼 절친의 소개로 S그룹 S화재에 입사를 했다. 그때부터 나는 상품을 파는 영업보다는 마음상담에 가까운 일들을 먼저 실행했다. 기본 성과를 내야 했기에 상담하다 자연스럽게 실적으로 이어지는 경우도 많았다. 회사에서 연결해 준 신규 고객을 만나고, 사람연구의 차원으로 귀를 열었다. 나를 처음 만나는 고객인데도 편안하고 깨끗한 인상이 친근하다면서 자기 속이야기를 많이 풀어냈다. 내 앞에 앉아있는 고객의 인생스토리를 호기심 가득한 눈빛으로 바라보니 대화가 순조로웠다. 움츠러진 마음도 조금씩 회복되는 기분이 들었다. 마음수련을 하기 전 나는 세상의 균형점과 멀리 떨어진 상황이었다. 주식투자 실패로 가족들의 걱정과 신뢰가 무너진 상태였다. 걱정이 간섭이 되어 더 상황을 악화시켰다. 그리고 집착과 오기심이 발동하면서 몸에 안 좋은 신호가 왔다. 원인을 알 수 없는 눈병으로 3개월 넘게 안과를 다녔다. 별다른 효과를 못 보자 무작정 공원과 산을 다니면서 산책과 운동을 함께했다. 점점 기운도 돌아오고 건강이 호전되어 눈병은 나도 모르는 사이 사라졌다. 아무래도 극심한 스트레스로 인해 마음에 병이 생겼던 것 같다. 맑은 공기, 맑은 생각으로 채우고 몸을 움직이니 좋은 기운으로 다시 돌아왔다. 그리고 불교와 인연이 되면서 마음수련이 시작된 것이다.

보란 듯이 성공하고 싶다는 분노 속의 절규는 마음의 균형을 잃게 만든다. 그때 만난 불교는 예민하고 흐트러진 나의 마음을 잠재워 주고 다독이는 자기 사랑이었다. 내 안의 불안감과 자기 상처를 기꺼이 껴안고 차츰 마음회복이 시작된 것이다. 늘 끝을 내지 못하는 습성이 다양한 경험을 하게 만들었다. 지금 돌이켜 보면 그 하나하나의 스토리는 나의 아름다운 세상으로의 연결점 역할을 해주고 있다. 스스로 이것저것을 경험하고 다루면서 다양한 사람들의 소리가 내면으로 흘러 들어온다. 각자 다른 방식으로 이야기를 하더라도 공감이 된다. 돌발적으로 불안해지는 순간에도 당황하지 않고 극복하는 힘도 생겼다. 얼마 전 어떤 상황에서 오래전의 안 좋은 기억이 소환되는 순간이 있었다. 심장이 튀어 오르는 불편한 감정이 올라왔는데 의연하게 감정 처리를 했다. 그리고 생각보다 마음이 후련해지면서 담대해졌다. 옛날에 이런 일이 있었다고 남편에게 떠들어 대니 남은 감정 찌꺼기는 허공 속으로 영영 사라져 버렸다. '알아차림'은 자라다가 성장을 멈춘 나의 내면의 마음을 다시 키운다. 흔들리면서도 마음수련을 놓지 않으니 다른 길을 열어 준다. 서툴지만 조금씩, 천천히 가고 나니 이제는 조금은 알 거 같다. 세상은 오해와 이해를 번갈아 하면서 나의 삶의 여정을 채워 간다는 것을. 휘청거리면서 그래도 내 길을 잘 걷고 있다고 생각한다. 흔들리는 시간들을 보내고 긴 호흡으로 세상을 또다시 바라본다.

저녁을 먹고 나면 우리 부부는 각자 활동한다. 건강관리에 좀 더 신경 쓰고 있는 요즘 남편은 산책을 간다. 나는 스터디카페에서 3년 동안 묵혀둔 글을 마무리하고 있다. 늘 함께 걷고 함께 보내다가 요즘은 각자의 시간을 갖고 있다. 온전히 혼자만의 시간을 누리는 셈이다. 조용한 공간에서 내 글을 마무리하는 이 순간이 행복하다. 3년 동안 묵혔으니 나를 눌렀던 스스로의 기대심은 내려갔고, 홀가분한 마음으로 정리를 해가고 있다. 온전히 나와 마주하는 이 시간이 아직은 어색하지만, 있는 그대로를 바라보는 용기를 얻었다. 세상 속에서 일어나는 모든 것은 그 자체로 의미가 있다. 나를 힘들게 했던 분별하는 그 마음이 이제 괜찮아졌다. 개념에 어느 정도의 체험이 필요한 시간을 거친 이후였다.

인생을 사는 동안 내 의지와는 상관없는 일들이 벌어지는 경우도 많다. 좋은 소식은 그 기쁨이 오래 가지 않고 걸림 있는 불편한 상황이 마음을 무겁게 만들기도 한다. 그 마음의 무게가 아프고 무겁게 느껴질 때를 의학용어로 '트라우마' 라고 한다. 하지만 누군가는 그것을 '역경' 으로 받아들이면서 앞으로 치고 나간다. '트라우마' 는 결국은 자기보호 기제로 그 역할을 다할 때 비로소 마음으로부터 이유를 알게 된다. 그러니 일단 '뭔 이유가 있겠지.' 하면서 그냥 두고 흘러가자. 너무 매여 있지 말고 쿨하게 그냥 가보자. 하루하루 현재의 삶에 충실하다 보면 저절로 알아지는 순간이 온다.

02

# 이제부터 나를 더 생각하며
# 행복해져라

〈어쩌다 어른〉이라는 TV프로그램을 보았다. 김미
경 강사가 '나를 데리고 사는 법'에 대한 강의를 했다. 지금의 내
현실에서 느끼는 감정과 공감되는 내용이 많았다. 부부가 꿈과
희망으로 함께 키워갔던 모든 것들이 시련으로 다가왔을 때의
당혹감은 말로 표현할 수가 없다. 꿈을 품고 쉼 없이 달려왔던
지난날로 그동안 억눌러져 있던 내면의 나를 발견하게 된 것이
다. 이루지 못했던 과거 실패의 상처들도 한꺼번에 쏟아져 나왔
다. '내 안의 나'는 두 가지 마음으로 분열되어 증폭하며 요동쳤
다. 질서 없이 나온 모든 것을 들여다보기에는 용기가 필요하다.

사람들은 자기의 실패를 보는 것이 두렵다. 그래서 쉽게 좌절하
고 포기한다. 인생의 큰 홈이 생길까 봐 재도전을 망설이기도

한다. 도전은커녕 들킬세라 마음은 줄행랑치기 바쁘다. 나를 돌아볼 시간적인 여유도 없고, 환경적인 문제파악도 되지 않는다. 처음부터 무리한 시도였을까. 전혀 예측하지 못한 실수와 준비 부족으로 좌절감만 커졌다. 이런 상황에서 벗어나려면 문제를 바라보는 자신의 태도가 중요하다. 그러한 상황의 해결 실마리를 찾기 위해 멘토 또는 스승의 조언을 듣거나, 혹은 책 읽기, 운동, 여행 등 자기성찰을 통해 풀어 나가기도 한다. 나는 주로 도서관을 찾아서 계획을 다시 잡고 마인드부터 새롭게 바꾼다. 실패에 대한 근원적인 문제를 파악해서 당장의 해결 대안보다는 다른 방법으로 방향을 튼다. 역발상부터 시도해 본다. 그러고 나서 그 문제를 다시 보게 될 때 다른 관점이 생긴다. 실패의 기억을 하루빨리 내 마음속에서 해치워 버리고 싶은 급한 마음도 있다. 비난을 들으면 더 빨리 성공의 모습을 보여줘야겠다는 강박증이 자리한다. 남들에게 더 잘나 보이고 싶은 마음도 커진다. 인간은 도전과 경쟁 속에서 놀랍도록 혁신을 일으킨다. 그 과정 속에서 실패를 겪더라도 마음의 회복력이 빠르면 그 실패는 분명 성공하는 과정이다.

남들에겐 관대하지만 유독 자기 자신에게는 엄격한 사람들이 있다. 겉으로는 무던한 척하지만 마음속은 상처투성이고, 정작 자신을 돌볼 줄 모른다. 돌보는 방법을 잘 모른다. 말처럼 쉽지 않는 게 마음의 영역이다. 인간은 각자 사연은 달라도 큰 틀에서는 비슷한 문제로 고통을 받는다. 새로운 도전을 꿈꿀 때마다 나를 주저하게 만드는 과거, 내 뜻대로 잘 안되는 인간관계, 그리고 미래에 대한 막연한 걱정 등이 행복을 방해한다.

몸은 무의식이다. 마음과 몸은 하나로 연결되어 있다. 난임 치료를 받고 있는 시기에는 오로지 몸에 영양분을 공급하는 것에만 신경 썼다. 격한 운동도 피했고, 좋은 음식, 몸에 좋다는 영양제는 다 챙겨 먹었다. 어느 날 사진을 찍어보니 살찐 내 모습이 보였고, 결국은 사진 찍는 것이 너무 싫어졌다. 언제부터인가 주변에서 늘 듣던 말, "살 좀 빼라." 내 사정을 뻔히 아는 사람이 그런 말을 하면 더 상실감이 컸다. '나는 지금 난임 치료중이라 살을 빼면 큰일 난다. 몸 상태가 늘 에너지로 넘쳐있어야 한다.'고 생각했다. 보양이라는 보양은 다하고 몸은 잘 움직이지 않았다. 몸을 쓰는 것은 애써 채운 영양분을 잃어버리는 거라고 생각했다. 그러던 어느 날 인스타 그램을 하다가 '단식' 이 우연히 내 눈에 환하게 들어왔다. 그리고 정신이 번쩍 들면서, 내가 너무 과잉 영양 섭취로 몸을 망치고 있었다는 것을 깨달았다. 단식은 건강법의 하나로 정신수양법이다. 단식은 마이너스

요법으로 몸 내부에서 스스로 치유할 수 있는 힘, 즉 자동 정화 시스템의 회복이다. 몸이 릴렉스할 때 마음의 고요도 찾아온다. 심신을 쉬어주는 여유를 주는 행위로 단식만 한 게 없다. 단식은 어린아이 감정을 대하는 듯 나와의 마음소통이다.

한번 기억된 좋지 않은 습관은 같은 패턴의 환경과 만날 때 다시 일어난다. 그래서 그 감정이 또다시 일어날 때 자신의 근원적 문제를 마주하는 것이 중요하다. 취약한 감정 때문에 습관이 되어버린 부정적인 생각을 스스로 알아차릴 때 멈추고 점점 줄어든다. 특히 이타적인 사람들에게 나타나기 쉬운 감정이 죄책감이 아닐까 싶다. 마음수련을 통해 겪게 되는 과정 중에 특히 양심에 반하는 감정이 표면으로 노출될 때 엄청난 죄책감에 시달린다. 스스로 마음을 치고 치이는 이중고통을 겪는다. 불교의 가르침대로 자비심을 내기 위해 남들에게 더 잘해주고 애쓰게 된다. 특히 좋은 사람이 되고자 애쓰는 사람일수록 과거에 집착하고, 불안한 미래를 걱정하느라 현재에는 집중하지 못하는 실수를 범한다. 나도 '화두'를 잡고 마음 수련한 것들이 많았는데, 정말 오만상을 짓게 할 정도다. 나에게 가장 중요한 것이 무엇인지 혼돈이 일어나기도 한다. 알고 보면 생활 그 자체가 마음공부다. 스스로 돌보지 못하는 사람들의 심리적인 문제들은 대개 나쁜 생각 습관이나 마음 습관 때문이다. 마음의 여유가 부족할 때 부정적인 생각들이 치고 들어온다. 잠시 마음의 여유를 갖는 자신만의 힐링법을 찾기 바란다. 그 마음의 여유 공간이 생기면 불필요한 걱정과 불안이 내려진다. 그러다 보면 마음의 근육이 생기게 되고, 또 헤쳐 나갈 힘이 채워진다.

나의 마음의 평화와 안정을 찾게 되면 어지간한 병쯤은 이겨낼 수 있다. 우리의 몸은 원래 스스로 치유할 수 있는 능력을 가지고 있어서 자기 자신을 소중히 여기고 매사에 긍정적인 이들은 그렇지 못한 이들보다 몸과 마음이 훨씬 건강하다. 우리 몸에 있는 병을 우리를 일깨우는 내면의 소리로 받아들이고, 공존하겠다는 마음으로 대하면 기적적으로 완치가 된다.

오늘부터 '나'를 잘 보살피는 걸 인생 목표로 삼기로 하자. 자신의 단점을 잘 알면서도 스스로를 못났다 생각하는 판단을 내려놓자. 더 나을 것도, 더 나쁠 것도 없는 자신의 삶에 균형을 유지하며 지금 이대로도 충분히 행복하다. 세상 누가 뭐라 하든 내 인생 대신 살아준 것도 아니다. 내 인생은 온전한 셀프다.

습관적인 자기검열과 비난하는 마음은 가족이나 경험, 상처, 대인관계 등에 원인이 있다. 자신의 내면과 마주하는 시간을 자주 갖는 것, 이것이 나를 좀 더 객관적으로 바라볼 수 있는 실마리가 되어 준다. 모든 감정에는 그럴 만한 이유가 분명히 있다. 그것을 발견한 후 무시하지 않고 이해를 하게 되면 불편한 감정은 스스로 사라진다. 그 안에 숨어 있던 진정한 내가 드러난다. 너무 서두를 필요 없다. 반짝이지 않아도 된다. 하나씩, 한 걸음씩 새로운 나를 발견한다면, 이제 더 이상 자기 자신 말고는 다른 사람이 될 필요도 없다. 세상에는 똑같은 인생을 사는 사람은 없다. 자기 죄책감과 비난을 자기 성찰로 착각해서는 안된다. 진정한 자기 성찰은 자기 긍정으로 이어지고, 좋은 에너지를 생성시켜 지혜로운 삶으로 이끌어 준다.

누구나 시행착오는 있기 마련이다. 처음부터 완벽한 사람은 어디에도 없다. 바꿔 말하면, 우리는 실수를 통해 성장한다. 오늘 어떤 실수를 했는가? 괜찮다. 불완전한 것을 시원하게 인정해 버리고 다시 시작하자. 괜찮은 척하지 않아도 된다. 서둘러서 뛰지 않아도 좋다. 내 목표를 향해 지속적으로 간다면 언젠가는 가까워질 테니까. 실패와 불행은 온전히 내 편이다. 실패에도 역할이 있다. 그 이유를 깨닫게 될 때 어두웠던 마음은 찬란한 빛으로 변한다. 인생의 터닝 포인트는 큰 시련의 극복을 뛰어넘었을 때부터다. 그 비축된 힘을 박차고 일어났을 때 더 큰 세상이 펼쳐지고 온전한 내가 되어간다. 오늘부터 당장 행복해지는 마법은 없지만, 스스로를 마주할 단 5분의 시간이 있다면 나를 괴롭히는 생각들이 정리되고 내려질 것이다.

03

# '뭐, 괜찮아' 하고 끝맺는
# 습관을 갖자

철강왕 앤드류 카네기가 남긴 명언이 있다.

"오늘이라는 것은 우리들의 가장 중요한 소유물이다. 그것은 분명히 우리가 다시 지닐 수 없는 흘러가는 시간의 한때이기 때문이다."

어떻게든 끝맺음을 해야 다음 단계로 넘어갈 수 있다. 애매하게 계속 이어가 봐야 마음의 골만 더 깊어질 뿐이다. 그것은 도박꾼이 잃은 돈을 되찾으려다가 손실의 수렁에 빠지는 것과 같다. 하나의 손실은 그것으로 끝내는 것이 가장 현명하다. 손실을 회복하려 애쓰기보다 미련을 과감하게 버리고 새로 시작하는 게 더 낫다.

미련을 버리지 못하는 사람의 심리에는 두려움이 숨겨져 있다.

그 두려움이 미루는 습관을 만든다. 미루는 습관은 주로 완벽주의형이나 자기회의형에서 주로 나타나기도 한다. 매사 선택의 여지를 남겨두는 편이라서 끝맺음이 부족하다는 오해를 받는다. 스스로 만족할 만한 정도가 되어야만 하나를 정리할 수 있다. 해야 할 일을 확실하게 끊고 맺음을 못하니 쉬고 있어도 일은 늘 진행형이다. 미루는 습관에는 두려움에 대한 불안도 가지고 있다. 생소함, 비판, 실패, 거절, 새로운 변화, 끝내는 것에 대한 두려움 등이 있다. 익숙한 것에 대한 만족감이 클수록 새로운 환경의 변화에 대한 두려움을 갖고 있다. 어떤 일을 마무리하지 않는 것도 분명히 미루는 습관이다. 끝내지 않고 질질 시간을 끌면서 시간만 낭비한다. 어떤 경우든 지금 하고 있는 일을 제대로 끝내는 것이 가장 중요하다. 어떤 일을 제대로 끝맺는다는 것은 그 결과를 평가하는 중요한 것일 수도 있다.

누구나 다른 사람들에게 거절당하는 것은 싫어한다. 아쉬운 소리를 하지 않고 살 수 있다면 좋겠지만, 살다 보면 다른 사람에게 도움을 요청해야 하는 경우도 생긴다. 거절이라는 두려움이 염려가 되면 요청을 하지 못한다. 하지만 그 일이 정말 중요한 것이라면 그 두려움을 극복하고 도움을 요청해야 한다. 의외로 쉽게 해결이 되는 경우가 많다. 내일 하겠다고 미루는 사람은 진정으로 그 일을 하고자 하는 사람이 아니다. 절실함이 없거나 아직 마음의 준비가 부족해서이다. 때로는 과감할 필요가 있다. 대충 빨리 끝내버리라는 뜻이 아니다. 쓸데없는 것은 줄이고, 하고 싶은 것에만 집중하라는 것이다. 좀 더 효율적인 시스템을 통해 불필요한 습관, 행동, 마음, 스케줄 등을 줄이자. 시작만큼 중요한 것이 끝맺음이다.

지인 A를 만났는데 오늘도 역시 자신의 힘든 이야기만 한다. 처음에는 나의 마음수련의 과정으로 보고, 고민을 받아줄 사람이 없으니 내 앞에서 속내를 드러낸다고 생각했다. 한참을 듣고 나면 진이 다 빠질 정도다. 하지만 나의 조언과 공감에 상대방의 기분이 좋아지거나 힘을 내는 모습을 볼 때는 일순간에 힘든 것은 사라지고 보람과 기쁨도 느낀다. 그러나 내 마음 같지 않은 이야기들을 일방적으로 듣고 나면 뭔가 잘못되었다는 생각도 든다. 감정 디톡스가 필요할 때만 나를 찾는 A를 보면서 마음수련으로 삼고 그냥 넘어가야 할까? 생각해 보니 A는 늘 습관적으로 힘들다는 이야기를 하는 경우가 많았다. 고민하는 사람의 마음을 이해해 주고 위로해 줄 수 있는데, 그 상황이 반복적이라면 슬슬 부담스러워진다. 힘들어하는 것을 알면서도 한편 피하고픈 내 마음을 발견한다. 그럴 때면 마음수련을 한 사람으로

써 더 자책감이 온다. 제대로 마음수련을 하고 있는 걸까? 불편한 감정과 억지스러운 마음을 내기 시작한다. 삶의 어떤 문제들은 위로로 쉽게 해결되지 않는 경우가 많다. 대부분은 전문가의 도움이 선행되기 전에 가까운 친구나 지인에게 고민을 푼다. 좋은 관계를 지속하기 위해서라도 진이 빠지는 상황이 계속된다면 전문가의 도움을 받도록 권하는 것이 현명하다. 모든 관계는 서로에 대한 존중과 배려가 밑받침되어야 한다. 상대방이 나를 배려해 주지 않는다고 생각할 때 솔직하게 내가 느끼는 그대로를 상대에게 이야기해 줘야 한다. 가끔은 서로의 이해관계가 달라서 오해로 인해 상처를 주거나 받기도 한다. 부부간 소통이 안될 때 욱하고 화를 내다가 다음날 후회할 때가 있었다. 욱한다는 것은 '의지'의 문제보다는 '감정'의 문제가 크다. 내가 왜 이렇게 화를 내는지 그 원인을 먼저 찾아야 하는데, 후회와 자책이 크게 밀려오는 바람에 며칠을 끙끙 앓았다. 특히나 그것이 오래된 기억 속의 자기보호 방어기제에서 기인한 거라면 혼자 감당하기 쉽지 않다. 감정의 폭풍우를 거치는 고통까지 밀려온다. 나의 문제를 객관적으로 보고 풀어줄 전문가의 도움이 필요한 시점이다.

마음이 아프다고 말하지 못할 때 몸이 대신 말해 준다. 마음이 아닌 몸에 더 집중하고 몸의 관점에서 마음을 바라본다. 몸의 관점에서 마음의 이야기를 듣는다. 몸의 휴식으로 마음의 힘을 회복하는 경험을 했을 것이다. 몸은 단순히 영혼이 머무는 장소가 아니라 세상과 나와 소통하는 공간이다. 위로 향하려면 밑으로 내려와 있어야 하듯, 무언가를 이루기 위해서 아무것도 하지 않는 시간도 필요하다. 우리 몸이 곧 자연이다. 나 또한 마음의 상처를 몸이 대신 표현하는 수많은 경험을 했다. 어떤 감정들이 실타래처럼 뭉쳐져서 엄두를 못 내고 하염없이 눈물만 흐를 때가 많았다. 심각한 위장장애를 앓은 적이 있는데, 그것은 어떤 고픔에 대한 갈망이 아니었을까. 억누른 감정이 부대끼는 느낌으로 몸부터 반응했다. 내 의식은 나만의 것이 아니라 나와 연결된 인연의 기억으로부터 재생된 이야기라고 생각한 적이 많았다. 마음수련을 통해 더더욱 분명해질 때 나는 내가 잡고 있었던 모든 것들을 하나둘씩 내려놓기 시작했다. 모든 기억은 각색된다. 내가 의식하지 못하는 모든 기억으로부터.

사람은 누구나 결핍을 가지고 있다. 우리 마음의 출구로 몸이 스스로 소통한다. 알아차림이 깊어지면 감당이 안 될 정도로 속도가 빨라진다. 나는 알아차림이 좋은 것만 있는 줄 알았다. 감당하고 품어야 할 것도 함께 온다. 그것은 제로섬 같은 거다. 바르게 분별해서 세상과 잘 소통하면 살 맛 나는 세상이다. 몸과 마음은 연결되어 있기 때문에 몸을 잘 다루어야 온전한 변화가 일어난다. 마음 챙김뿐 아니라 몸 챙김도 함께해야 하는 이유다. 마음이 힘든 사람에게 열 마디의 말보다 따뜻한 손길이 큰 위로가 될 수도 있다.

자신에게 너그러워지기 위해 끊임없이 세상과 비교하지 말자. 세상의 기준에 나를 판단하거나 재단하지 말고 나다움으로 밀고 나가자. 나를 온전하게 바라보고 따뜻한 지지를 보낼 때 마음이 움직인다. 몸이 알아서 생기를 찾아가며 변화한다. 불만 없는 하루를 보내고 나면 치열하게 경쟁하듯 살아온 마음의 상처들이 자연스럽게 치유된다. 못해도 괜찮고, 안 해도 괜찮다. 그대로도 괜찮다. 나랑 맞지 않는 사람일지라도 무심하게 반응하자. 그건 그 사람의 마음이라고 생각하면 내 마음이 편하다. 내버려두면 시간이 알아서 감정을 흘려보내고 정리해 주니까. 특정한 의식을 하지 않고 독서, 걷기, 운동, 감정일기를 적는 것만으로도 많은 위로를 받는다. 자기한테 맞는 나와의 대화를 시도해 봐라. 나는 뭔가 글로 정리하는 시간이 제일 좋았던 것 같다. 그게 잘 안될 때는 간단한 키워드 정도만 메모로 남겨둔다. 감정은 늘 한 곳에 머물지 않는 사랑방 손님과도 같다. 그냥 알아주는 것만으로도 마음이 녹여지고 경직된 몸도 슬슬 풀어진다.

중년으로 접어드니 삶이 초연해질 때가 있다. 마음수련 덕분일까. 다름을 받아들이면서 불편한 감정에 대해서는 쿨하게 생각한다. 하루의 감정을 잘 정리해야 내일의 감정찌꺼기로 남지 않는다. 필요할 때는 잠수를 타는 것을 두려워하지 말자. 거절하는 것에 어려움을 겪을수록 스트레스, 번 아웃, 우울증을 겪을 가능성이 높다는 연구발표도 있다. 자신이 피해자가 되도록 내버려 두지 말자. 더 이상 그 사람의 문제를 나의 문제로 만들지 말자. 나와의 좋은 관계 유지가 어렵다고 생각되면 일단 걸러내자. 그래야 감정 소모 없이 이성적으로 살 수 있다.

04

# 나를 힘들게 하는 불편한
# 감정에서 벗어나라

지나친 감정에 대한 처방들은 과잉의 상태를 다스리는 법을 알려줄 뿐이다. 절대 없애는 방법을 알려주지 않는다. 우리의 불안은 여기서부터 출발한다. 모든 것에 있어서 부족하거나 과잉 상태일 때 제때 손을 쓰지 않으면 점점 우리의 삶에 영향을 미치게 된다. 문제의 핵심을 본질적으로 제대로 공략하려면 의미도, 쓸모도 없는 것들에 대해 모두 치워버리자. 자기 삶의 거추장스러운 감정들을 없애려면 먼저 자기 자신에 대해 잘 알아야 한다. 자기 본연의 모습에 조금 더 다가가야 한다.

마음을 어지럽히는 모든 것을 감정의 잡동사니라고 생각한다. 온갖 잡동사니가 쌓이면서 우리 마음을 무기력하게 만들고, 결국 통제 불능의 상태에까지 이르게 한다. 걱정과 불안은 두려움에서 비롯된다. 무언가 부족할 때와 지나칠 때 불편한 감정이 생긴다. 우리는 자신의 마음이든, 타인의 마음이든 마음을 돌보는 데 큰 관심이 없다. 우울증, 공황장애, 번아웃 증후군 등 현대인을 괴롭히는 마음의 병들은 초기에 외면해서 심각한 상태에 이르는 것이다. 사람들은 불안을 느끼면 안전에 대한 욕구가 더 강하게 커진다. 강박적으로 자기 것을 더 쌓아두고 챙기려고 든다. 이기적으로 변하는 것이다. 서로를 배려하는 존중의 마음 대신 경쟁심만 불타오른다. 마음의 병이 깊어지는 것을 막기 위해서 가장 먼저 할 일은 '내 마음과 친해지기'이다.

대상관계 이론(object relations theory)은 정신분석학의 주요 이론 중 하나로 영국정신분석학회를 중심으로 발전했다. 사람들이 생애 초기에 가졌던 관계경험, 특히 주요 양육자와의 관계경험을 바탕으로 어떻게 자신과 다른 사람들에 대한 표상을 형성하며, 이런 내면화된 표상들이 개인의 성격형성과 이후 주변 사람들과의 관계에 어떻게 영향을 미치는가를 집중적으로 조명한 이론이다. 핵심은 현재의 인간관계가 과거 내재화된 대상관계로 인해 재현되고 반복한다는 것이다. 이 이론은 사람에게는 2가지 자아가 있다고 한다. 하나는 어린 시절에 경험한 부모의 생각이나 감정, 행동을 닮은 내면 부모다. 다른 하나는 그 양육

방식으로 형성된 내면아이다. 부모에게 칭찬과 인정을 받지 못한 사람은 그것에 집착하는 내면아이가 자리잡게 된다. 한 개인이 인생에서 어린 시절부터 지속적인 영향을 주는 존재가 바로 내면아이라고 할 수 있다. 정신 발달 과정에서 만들어지는 누구나 가지고 있는 내 마음의 일부라는 사실이다.

내면아이는 무시한다고 해서 없던 것이 되거나 사라지는 것이 아니다. 내면아이의 영향으로부터 자유로워지고 싶다면 인정해 주고 존중해 주어야 한다. 어릴 적 부모로부터 받지 못했던 것을 성인이 된 내가 해주어야 한다는 거다. 이런 깊숙이 쌓여있는 감정 중에서 상처받은 부정적인 감정들을 인정해 주고, 받아 주고, 허락해 주는 자기 사랑이 필요하다. 나 자신에게 좀 더 친절하고 관대해지는 따뜻한 시선이 필요하다. 완벽한 사람은 없다. 완벽한 부모도 없다. 누구나 실패하고 실수할 수도 있다. 부모도 사람이라서 감정이 서툴면 아이에게 상처가 되는 말을 할 수도 있다. 내 의도와는 다르게 아이가 받아들일 수 있다. 부모는 좋은 의도를 가지고 혼을 냈지만, 아이 입장에서는 다르게 받아들일 수도 있다. 그래서 그때의 감정을 인정해 주는 솔직한 공감이 필요하다. 내면의 욕구를 인정하고 스스로를 사랑으로 대하면 성장이 멈춘 자아도 다시 회복된다.

책을 읽다 보면 저자의 마음이 온전히 느껴질 때가 있다. 서로의 관점이 비슷하거나 공감되는 부분이 많을수록 더 그렇다. 그러면서 간혹 동시에 성장이 멈춰버린 나의 내면아이를 발견하게 된다. 우리는 성공을 둘러싼 경쟁에서 사랑을 잃어버린다. 타인의 인정과 관심을 받기 위해 자신의 생각과 감정, 행동들도 그쪽으로 집중하기도 한다. 우리는 사회적 관계 속에서 존재한다. 사랑이 충족되지 않을 경우 우리 마음은 불균형이 생기면서 몸도 아프다. 우울증, 공황장애, 불안증, 분노조절 장애 등 현대인의 대부분의 질병은 부족한 자기사랑 때문에 생긴다. 주고 싶고 받고 싶은 것들을 구체적으로 그려서 내 자신에게 주자.

예민한 성격을 장점으로 승화시켜 성공한 사람들의 공통점으로 '치열한 성찰'을 꼽는다. 세계적으로 위대한 지도자, 예술가, 기업가, 혁명가, 발명가 등은 매우 예민한 성격을 지녔지만, 그 예민함을 잘 다스려 자기 분야를 더욱 발전시키는 데 쓴다. 예민한 사람은 가장 감수성이 뛰어나고, 창조적이고 가장 파괴적인 잠재력을 가진 사람들이다. 우울증을 앓은 사람도, 사업으로 성공한 사람도 예민하다. 우울증을 겪으면 매우 예민해지는데, 성공하는 사람들도 비슷한 특징을 가지고 있다. 다만 성공한 사람들은 자기 공부가 되어 있어서 잘 관리를 했다고 본다. 그리고 그 예민함을 일에 최대한 발휘해서 뛰어난 성과를 이룬다. 반면 우울증 환자들은 이 예민함 때문에 우울한 기분에서 헤어 나오질 못한다. 잠을 못자거나 사람을 아예 안 만나는 분도 많다. 같은 예민성을 가지고 있는데, 삶의 극명한 차이는 그것을 대하는 태도의 문제 같다.

타인에게 좋은 사람이 되기 위해서 애씀보다 자기 스스로를 돌보는 일이 더 중요하다. 누구에게나 사랑받을 수는 없다. 늘 좋은 관계를 만들 수도 없다. 우리는 다른 사람에게 시간과 정성을 쏟는 것만큼 자기 자신을 위해 크게 애쓰지는 않는다. 그 누구보다 자기 자신에게 먼저 좋은 사람이 돼야 한다는 당연한 사실을 간과하는 것이다. 내가 나의 소중함을 알 때 다른 사람에게도 존중받을 수 있다.

3년 동안 멈췄던 책 쓰기를 다시 시작하기로 마음먹고 새벽기상부터 시작했다. 공복운동으로 무거워진 몸을 다시 깨웠다. 단식을 통해 몸의 정화작용을 경험한 나는 다시 생기를 찾아갔다. 글쓰기에 집중하고 종종 가벼운 산책을 했다. 마음 챙김이 주로 정적인 활동이라면 걷기는 동적인 동시에 정적인 명상이다. 몸과 마음은 서로 연결되어 있기에 마음이 다스려지지 않을 때는 몸부터 움직여라. 걷기는 시간, 장소, 비용적인 모든 면에서 자유로운 운동이다. 요즘 우리 부부는 저녁식사 후 각자의 공간으로 이동한다. 남편은 걷기를 하고 나는 책 마무리를 위해 다시 스터디카페로 향한다.

꿈을 이루겠다는 열망이 크면 클수록 그것이 좌절되었을 때 느끼는 상실감도 배가된다. 내가 노력한 만큼 결과가 나오지 않을 수도 있고, 오히려 노력하기 전보다 더 안 좋은 결과를 마주할 수도 있다. 나는 성공할 수도 있고, 실패할 수도 있다. 그러한 삶의 여정 속에서 흔들리면서 내 길을 찾아가는 게 또한 삶의 재미가 아닐까. 우리는 하루에도 여러 가지 감정을 느끼며 살아간다. 오늘 나를 있는 그대로 받아들이면 내일의 나와 살아갈 용기가 다시 생긴다. 현실을 직시하고 지금 할 수 있는 일을 하다 보면 길이 열리고 기회가 만들어진다.

마음이 지치고 처져 있으면 시선은 자꾸 아래로 흐르고 어두운 곳을 향하기 마련이다. 마음과 시선을 위로 향하면 밝은 곳을 보게 된다. 그곳은 모든 가능성이 열려 있는 곳이다. 관계의 취약함으로 내 감정을 솔직하게 표현하는 것이 서투른 사람이 있다. 감정은 옳고 그르다가 아니다. 그 자체로 존재할 뿐이다. 특정 감정이 일어날 때 몸이 어떻게 반응하는지 안다면 나의 감정을 이해하는 데 도움이 된다. 불편함을 공유하는 것이 그 불편함을 벗어나는 방법이기도 하다. 우리 감정도 순환이 필요하다. 오랫동안 닫혀 있으면 불편한 감정이 만들어진다. 불편한 감정을 알아차릴 때 나에 대한 이해를 할 수 있다. 불편한 감정을 인정하고 구체화시키면 그 감정은 마음속에서 빛이 된다.

# 남들의 말에 쉽게 현혹되지 마라

자신이 약하면 다른 사람의 말이나 논리에 쉽게 흔들리기 쉽다. 즉, 자신의 마음이 약하면 어떤 환경이나 다른 사람의 말에 쉽게 흔들리게 된다. 공부를 꾸준히 해야 하는 이유다. 공부를 계속하다 보면 문제가 자신도 모르게 해결되어 간다. 작은 깨달음이 모여 큰 깨달음을 얻어 문제해결이 된다. 자신이 노력하는 만큼 세상을 분별하는 힘은 더 강해진다.

사람을 많이 접하는 직업을 가진 사람들은 자기만의 기준으로 사람을 평가한다. 알고도 모르는 것이 사람의 마음이다. 자신을 이해하는 것도 쉽지 않은데 남을 안다는 것은 얼마나 어려울까. 사람은 누군가를 만날 때 처음부터 속마음을 보이지는 않는다. 자신에게 유리하게 하기 위해서 가면을 쓸 수도 있다. 상대에 대한 정보가 없을 때는 경계하는 마음도 생긴다. 서로 대화를 나누면서 통하는 만큼 마음이 열린다. 과거를 제대로 이해해야 현재의 문제에서 벗어나 자유롭게 살 수 있다. 그래서 과거를 통해 현재를 다루기도 한다. 단, 아프게 하는 관계라면 정리해도 좋다. 나의 착함을 이용하는 나쁜 사람들과 더 이상 상종하지 말자.

너무나 쉽게 흔들리고, 쉽사리 결정을 내리지 못하여 반복하는 사람은 본질을 파악하는 능력이 부족하다. 진실을 알지 못한 채 겉모습만 보고 판단하기 때문이다. 검증되지 않은 말에 현혹되지 마라. 어떤 이론이 사람들의 지지를 많이 받는다고 해서 무조건 따르지 말자. 어떤 가르침이 남들의 비난을 받는다고 해서 무조건 배척하지도 말라. 사람들로부터 존경받는 사람이 주장했다고 해서 검증되지 않은 말에 현혹되지 말라. 현혹은 상대를 끌어들여 심각한 데미지와 상처를 남기고 달콤한 유혹을 한다. 심지가 굳건하지 못하면 현혹에 당하기 십상이다. 자신이 엉뚱하게 착각한 부분이다. 현혹은 최면과 비슷하다. 내 갖춤이 모자라면 그것을 이용하려는 자들이 와서 현혹시키고, 결국 흔들려서 빼앗겨야 한다. 나를 갖추는 공부를 게을리하면 안된다.

미국의 사회심리학자 레온 페스팅거는 사회비교 이론 등의 개념을 최초로 제시한 사람이다. 그는 '사회적 비교이론은 개인의 행동, 태도, 사고, 신념이 다른 사람이나 다른 집단과의 비교를 통해서 영향을 받는다. 즉, 개인은 자신이나 자신이 속한 집단을 여러 가지 면에서 유사한 다른 사람이나 다른 집단과 비교하여 자신이 취할 행동이나 사고, 신념을 형성하게 된다.'고 설명했다. 이 이론은 다른 사람들과 비교하여 얻은 정보를 사용하여 자신의 의견과 능력을 평가하는 방법이다. 비교를 통해서 자신을 평가하고 싶은 욕구를 충족하는 것이다. 비교하면 할수록 우리는 더 상처만 받을 뿐이다. 나보다 잘되고 있는 사람과 비교할 때 우리는 자신이 불이익을 당하는 쪽이라고 생각할 가능성이 크다.

왜냐하면 사람은 자신보다 우위에 있는 사람을 위협적으로 느끼기 때문이다. 이것은 광고나 마케팅 분야에서 주로 사용한다. 그래서 소비자가 현재에 불만족한 느낌을 들게 하여 소비를 유도하는 것이다. 스스로 상향 비교를 많이 하는 사람일수록 광고에 더 쉽게 현혹된다. 그래서 남한테 현혹될 때는 당했다고만 생각하지 말고, 나의 욕심에 대한 성찰이 필요하다. 눈과 귀를 흐리게 해서 모든 정보들이 나에게만 유리하게 들리고 보인다. 순간의 착각을 불러일으켜 판단력을 흐리게 만든다. 인생의 선택은 결국 자신의 몫이다. 남의 말에 현혹되어 결정을 내리는 것보다는 자신의 생각을 먼저 반영하는 게 좋다. 그래서 평소 꾸준한 자기성찰이 필요하다.

긴장을 늦출 수 없는 관계가 인간관계이다. 그 속에서 예민한 사람들을 만나기도 한다. 그들은 일생을 자신이 민감하게 반응하는 것들에 대응하며 살아간다. 물론 이들은 보통보다 훨씬 더 민감한 사람들이다. 이들은 고통을 받고, 전파하는 데에 있어 전문가나 다름없다. 이들은 희생정신과 자부심이 부족하고 늘 불안한 상태에 있다. 이들은 타인의 의견에 부정적이며, 끊임없이 다른 사람들에게 책임을 전가한다. 이런 사람과 감정적 관계를 맺을 때는 조심해야 한다. 그들이 기분이 상하거나 걱정하지 않도록 해야 한다. 모든 사소한 세부 사항을 주시하고 적절한 말과 행동을 선택해야 하기 때문이다. 그들을 향한 의도치 않은 공격에 대해 사과하고, 그들이 화를 가라앉혀도 마음이 착잡해진다. 하지만 많은 부담감으로 그 사람과 만나다 보면 자신이 허물어지는 느낌이 든다. 이것은 감정적으로 피해 받은 사람들이 스스로를 방어하기 위해 느끼는 '방어적인 죄책감' 이라고 일컬어진다. 예민한 사람들은 감정적으로 취약하다는 것을 기억하자. 그들의 낮은 자존감으로 인해 그들은 스스로를 피해자로 여기지만, 그런 사람들 때문에 오히려 상대방이 피해자처럼 느껴진다. 과민증에 대한 일련의 연구들을 통해 과민성은 장애가 아니라 성격의 일부임이 밝혀졌다. 그렇기 때문에 다양한 종류의 민감성을 알고, 그 사람에 대해 판단을 내리면 된다.

스스로를 잘 돌보기 위해서는 세상을 바라볼 때 긍정적인 필터를 가지고 있어야 한다. 인생의 조언이나 격려를 해줄 멘토나 스승이 있으면 좋다. 하지만 요즘 드는 생각은 좀 더 객관적인 판단이 필요할 때는 책만 한 것이 없다고 본다. 책이 각별할 수 있다고 생각하는 건 그나마 믿을 수 있는 세계이기 때문이다. 좋은 책을 늘 가까이 두고 차별 없는 세상을 읽어두자. 세상의 비밀들을 아무 조건 없이 알려주니, 책의 힘은 강력하다. 주체적인 사고방식이 생긴다는 건 참 좋은 일이다. 세상에는 아직도 배울 게 너무 많아서 좋다.

지난 여름 어느 날 남편이 퇴근길에 복숭아 한 박스를 사가지고 왔다. 평소 같지 않은 행동에 의아스러웠지만 참 많이도 사왔다. 신선도를 보니 유효기간이 얼마 남지 않은 과일을 비싸게 사온 것이다. 자초지종을 물어보니, 꽤 무더운 날 땀을 뻘뻘 흘리고 과일을 파는 젊은 사람이 안타까워 과일 상태도 보지 않고 부르는 값에 그냥 사왔다는 것이다. 과거 자기가 어려울 때 아르바이트로 잠깐 야채를 팔아본 경험이 있는데 그때 생각이 나더란다. 이왕 사온 거 어쩌랴. 상한 부분을 다 걷어내고 종일 복숭아 통조림을 만들었다. 엄청난 양이 나와서 여름 내내 시원하게 먹었던 기억이 난다. 철없는 남편은 시중에서 파는 것보다 백배 맛있다고 하길래 옆구리를 살짝 찌르면서 다음부터 과일은 내가 살 것이라고 했다.

어떤 환경이나 대상을 만날 때 우리는 간혹 과거의 기억이 소환되면서 감성으로 빠진다. 한순간의 착각으로 일어난 일이라면 다음부터는 조심하면 된다. 하지만 습관적으로 그런 행동을 보이면 나 자신을 자각할 필요가 있다. 거절하는 것도 마찬가지이다. 필요할 때 스스로 거절하는 방법을 아는 것도 중요하지만, 다른 사람의 거절을 받아들이는 것 역시 중요하다. 물론 어떤 거절은 받아들이기 힘들게 느껴지지만, 중요한 사실은 누구에게나 거절의 순간이 찾아온다는 것이다. 이는 성장을 위한 중요한 기회이기도 하다. 특히 거절하는 것이 우리에게 중요할 때 더더욱 그렇다. 거절의 상처에도 좋은 것을 배울 수 있다. 타인의 관점을 확인하고 인정하게 된다. 그저 나와 관점이 다르다는 의미이기 때문이다. 거절로 인해 나의 목표나 우선순위를 재정비하고 바꿀 수 있다. 거절은 아직 준비가 덜 된 상태로 받아들이면 나의 성장의 기회로 삼을 수 있다.

마음수련 중 제일 어려운 것 중 하나는 말을 잘 들어주는 거다. '듣고 흡수하고 그냥 지나가라'를 화두로 삼고 갖춤 공부를 계속해 갔다. 남들의 의견에 공감되는 것이 지나치면 내 의견과 상관없이 잘 동조되기도 한다. 공감에서 끝내야지 감정에 휘말려서는 안된다. 남들에게 나의 선택권을 넘기는 것은 배려나 호의가 아니다. 인성과 적절한 거절은 상관이 없다. 세상은 조율과 균형이 필요하다. 세상을 동정하지 말고 따뜻하게 보되 냉철함이 필요하다.

06

# 문제가 아닌 해결책에 집중하라

감수성이 예민한 사람은 과거의 작은 실수를 떠올리며 남이 어떻게 생각하고 평가하는지를 지나치게 신경 쓰는 경향이 있다. 스스로 괴로움을 자초하기도 하고, 타인의 실수를 확대해석하여 자기 죄책감에 시달리기도 한다. 특히 어떤 특정한 감정에 더 공감을 느끼는 경우 조심해야 한다. 내 마음을 괴롭히는 감정들과 적당한 거리를 둘 때 건강한 인간관계를 이어가게 해준다.

타인의 감정에 책임을 지려는 생각은 나의 방식이 다른 사람에게도 맞을 것이라는 착각에서 비롯된다. 타인을 내 마음대로 움직일 수 있다는 생각과 타인의 인정에 나를 너무 매어두면 관계형성이 불편해진다. 나와 타인을 구분하지 못하기 때문이다. 서로가 같은 생각을한다고 착각하거나 다른 사람의 시선으로 나와 동일시하는 경우도 생긴다. 내면을 조금 떨어져서 바라본다면 그것들이 나의 전부가 아님을 알게 된다. 과거의 상처를 받아들이되 빠져들지 않고 지금 현재를 잘 살아갈 수 있다. 사회의 암묵적인 규정들과 시선들에 맞추어 사는 것이 나답게 사는 것을 방해하기도 한다. 과거 불편하고 부정적인 생각이 떠오를 때 온통 그 생각으로 헤매기도 한다. 하지만 마음의 거리두기로 바라보면 과거 경험은 현재의 삶을 살아가는 하나의 여정으로 수용하게 된다. 상대의 감정은 타인의 자유임을 명심하자. 예측할 수 없는 것이 또한 타인의 감정이기에 신경 쓰지 말자. 오히려 나에게 먼저 좋은 사람이 되자. 누구에게나 휘둘리지 않는 진짜 내 모습을 발견하는 자기성찰이 필요하다. 심리적 고통이 대부분은 '내 마음'을 지키는 방법을 몰라서 생긴다는 것을 알았다. 적절한 거리두기는 나를 지키는 용기이다. 알아차릴 수 있는 감수성을 더 키워 선을 지키며 연결하는 방법을 모색해 보자.

살다 보면 한두 번 공황을 겪기도 하는데, 당시엔 모르고 지나가는 경우도 있다. '번아웃'은 체력적, 정신적으로 에너지가 완전히 고갈된 상태를 말한다. 체력이 바닥인 상태에서 스트레스가 극에 달하는 상태를 해소하지 못하고 힘든 감정을 계속 참고 견디다 보면 어느 순간 한꺼번에 무너지는 시점이 온다. 단기적으로 극도의 불안과 공포를 느끼며 비정상적인 신체 증상이 동반되기도 한다. 단순히 지친 것을 넘어 한계에 도달한 상태이기 때문에 이런 상태를 무시하고 방치하면 각종 질병으로 이어져 위험해질 수 있다. 스스로의 아픔에는 점점 둔감해지면서 방치되면 그 과도함이 지나쳤을 때 무기력, 번아웃, 우울증의 위험신호가 온다. 자기 자신을 상실해 버리고 자기 본질을 잃게 된다. 내 능력보다 어려운 일이 요구되거나 생각대로 일이 잘 안 풀릴 때, 이런 일이 자주 반복되고 체력마저 떨어지면 부정적인 감정이 쌓이게 된다. 특히 불안, 두려움의 감정은 우리 뇌에서 중요한 위기로 받아들여 뇌의 회로가 민감하게 변한다. 뇌에서 작은 것에도 쉽게 불안을 느끼는 회로가 만들어지면 공황장애로 발전하게 된다. 몸이 보내는 그 신호를 무시하게 되면 무기력해지면서 뭘 하든지 의욕이 없고 절망감에 공허한 상태가 된다. 더 심해지기 전에 자기 삶을 돌보고 충전하는 시간을 갖자. 가장 나답게 사는 삶이 무엇인지에 대해 고민하기 시작한다. 나도 한때 무너진 마음의 재건이 필요할 때 종교의 힘에 의지했고, 인생 멘토와 스승의 가르침을 잘 따른 결과 감사하게도 많은 힘을 받았다. 진리는 인생에서 오는 수많은 문제의 답은 결국 자기선택이란 것이다. 내 안에서 하나씩 발견하고 찾아가는 것이 지혜다. 아무것도 보이지 않을 때는 그냥 애쓰는 마음을 잠시 내려놓자. 공부를 계속 하다 보면 퍼즐처럼 맞춰지는 지점들이 있지만 그것도 하나의 연결점이다. 지치지 않게 나의 속도에 맞게 정진했으면 좋겠다. 잠시 멈춰 서서 자신을 '리셋' 하는 시간을 갖자.

자존감 연구를 배운다고 자존감이 향상되지 않는다. 자기 자신에 대한 사랑하는 법을 배우는 게 먼저다. 그래야 건강한 행복과 자존감이 회복된다. 삶의 변화는 결국 자기로부터 시작이다. 삶의 고통은 무지와 아집에서 온다. 눈에 보이는 현상만 보지 말고 근원을 보는 지혜를 키워야 한다. 어떤 문제든 나를 성장시키는 고마운 기회로 삼자. 부정적인 감정은 더 부정적인 상황들을 몰고 온다. 지금 할 수 있는 일부터 일단 시작해 보자. 세상은 어떤 문제보다는 해결하는 방법이 항상 많다. 끊임없이 개선하면서 조금씩 변화를 모색한다면 길이 열린다. 불평불만을 하게 되면 주변으로 전염성이 강하고, 우리 뇌는 불평을 낳는다. 부정적인 생각이 올라오면 "스톱!"이라고 강력하고 단호하게 거부하라. 순간 생각을 멈추면 생각보다 효과가 크다. 2탄으로 또 외쳐 보라. "차렷! 정신 차렷!" 하면서 부정적인 감정으로 흔들리는 나를 붙잡아라. 불평은 고통을 상기시키고 고착시킨다. 불평 대신에 자기실천으로 바꿔라. 그리고 잠잠해진 감정과의 대화를 시도하는 것도 좋다. 감정은 아무 이유 없이 일어나지 않는다. 자기 내면과의 대화는 꼭 필요하다. 일어나는 생각을 멈추고 흐름을 관찰하다 보면 감정의 실체가 발견된다. 바꿀 수 없는 것들은 내버려두거나 과감하게 버려라. 밝은 면을 보면서 에너지에 집중하다 보면 기회라는 선물이 쏟아진다. 창조적인 자세로 해결책에 집중하다 보면 우리 마음은 스스로 열린다. 긍정적인 마음의 태도가 중요하다. 걷기 명상과 하루의 감사함을 기록해 봐라. 단순한 실천이 엄청난 기쁨을 선사한다.

불평불만이 커지면 노력대로 안되는 날의 연속이다. 일이 더 꼬이게 된다. 마음만큼, 생각만큼 다 되진 않지만, 생각지도 못한 곳에서 치유와 희망을 얻게 된다. 우리는 살아가면서 가끔은 기다려야 할 때가 있다. 지금 여기서 안되고 있는 것이 지금 저기에서 뭔가가 잘되고 있을 수도 있다. 조금 외롭더라도 기다림의 여유가 필요하다. 어쩌면 내 삶을 재배열하는 과정일지도 모른다.

살아가면서 만나게 되는 많은 문제들은 다음의 3단계를 거쳐 해결하는 방법이 있다.

1단계 : 무엇이 문제인가에 대한 문제정의를 내린다.

2단계 : 원인을 분석하고 다양한 해결안을 마련한다.

원인을 분석하기 위한 다양한 방법으로 내가 주로 활용하는 방법은 씽크와이즈, 알마인드로 생각을 잘게 쪼개면 그것을 통해 통찰력을 얻는다.

3단계 : 다양한 해결방안을 삶에 적용하고 실행한다.

문제가 있다는 것을 인지하면서 상황을 개선할 방법을 제시하지 않으면, 문제들이 잘못된 방향으로 이끌려 버릴 수도 있다. 해결책은 말 그대로 문제를 해결하는 것이지, 다른 사람에게 당신이 원하는 대로 행동하게 하는 것이 아니다. 시작하기 전에 먼저 브레인스토밍이나, 문제 해결책을 찾기 위한 생각들을 정리해 두는 것이 좋다.

모든 불평 뒤에는 욕망이 있다. 불평의 욕망을 에너지로 잘 전환해서 쓰면 좋다. 그것은 연습이 필요하고 결코 어렵지 않다. 불만을 야기하는 모든 강력하고 불쾌한 감정을 제쳐 놓는 것이다. 그리고 우리가 정말로 원하는 것은 정리한다. 긍정적인 감정으로 불평 뒤에 숨겨진 욕망을 향해 전하는 게 중요하다. 그러기 위해서는 솔직함과 용기가 필요하다. 불평불만에 신경 쓰기보다는 원하는 것에 더 집중하는 것이 중요하다.

07

# 항상 긍정하는 사람이 되라

미국 쇼 비지니스 세계에서 가장 영향력 있는 방송인인 오프라 윈프리는 다음과 같이 말했다.

"여러분을 더욱 높이 올려줄 사람만 가까이 하세요."

지금까지 내 삶에 영향을 끼친 사람은 많다. 그때는 몰랐지만 지나온 시절의 인연들이 지금의 나를 있게 한 삶의 은인들이다. 특히 부모님과 친구들은 유년기 시절 큰 영향을 주고받는다. 힘든 시기에 도움을 받은 종교적 인연도 결코 간과할 수 없다. 무엇보다도 자기 내면의 '자아'에 대한 끊임없는 내면 성찰이다.

불평과 불만만 늘어놓은 사람이 있다면, 하염없이 받아주거나 성격을 바꾸려 들지 마라. 무심하게 대하라. 어쩔 수 없다면 일단 거리를 두는 것이 현명하다. 지인이 해준 이야기다. 지인은 어렸을 때부터 모범생이고, 모든 친구들과 우정도 돈독한 편이었다. 친구들 중 한 친구가 있었는데, 다른 친구들로부터 늘 따돌림을 당하기 일쑤였단다. 측은한 마음도 있고 해서 다른 친구들보다 더 신경 써 주면서 잘해 주었다고 한다. 그 친구 부모님도 특별히 부탁을 하길래 더 챙겼다고 한다. 친구들 사이에 혹여라도 불편한 관계가 생길까 봐 노심초사 하면서, 마치 부모처럼 마음을 썼다고 한다. 성인이 되었어도 그 친구 부모님은 자식의 결혼까지도 부탁해 오더란다. 지인은 친구 부모님 부탁이라 거절할 수도 없었다고 한다. 직장 후배의 친구를 소개해 주고 결국 결혼까지 성사시켰다.

지금은 어떻게 되었을까. 결론은, 지인은 그 친구에게 상처를 받고 지금은 서로 연락도 안 하고 지낸다고 한다. 그들의 시절 인연이라 딱히 뭐라 설명하기는 그렇다. 그 부모조차도 컨트롤이 안되는 자식의 안 좋은 습관을 그 지인이 떠안고 어떻게 감당을 했는지 안타까운 마음도 든다. 속된 말로 너무 착하고 거절을 못해서 자기 인생에 오류를 범한 것이다. 남들이 욕하는 건 그럴 만한 사정도 있지 않을까? 그것을 함부로 속단해서 괜한 오해와 우를 범하지 마라. 때로는 좋지 않는 관계는 과감히 끊자.

모든 세상의 소리는 그럴 만한 이유가 있다. 내면의 부정적인 감정도 이해하는 관점으로 대하다 보면 이유를 알 수 있다. 알면 이해되고, 이해되면 근원으로 푸는 지혜도 나온다. 그래야 똑같은 실수가 일어나지 않는다. 그래서 사회 어른들의 역할이 중요한 것이다. 사람들은 모두 어떤 형태로든 감정의 짐을 들고 다닌다. 적절한 자기 태도를 하지 않는다면 사회로부터 지탄이나 상처를 입게 된다. 평생 배움이 중요한 이유이기도 하다. 부정적인 사람은 특히 변화를 두려워한다. 현실에 안주하는 게 더 편하고 익숙해서이다. 반면, 그 두려움을 걷어차고 새로운 변화로의 경험을 모색하는 사람은 자기 주도적인 삶을 사는 사람이다.

타인에게 안부를 묻듯 자기 마음에도 안부를 묻자. 마음의 이상 신호가 오면 몸은 더 이상 변화를 멈춘다. 너무 아프면 알아차리는 것도 쉽지 않다. 그래서 내 주변의 인연이 소중하고 귀하다. 그들을 통해 나의 내면의 '자아'가 드러나기도 한다. 긍정적인 마음은 새로운 정보를 가져오는 힘이 있다. 반면, 불평불만이 많다는 것은 변화의 신호다. 부정적인 이유는 마음이 병들어지고 있다는 상태. 긍정적인 내가 되기 위해 내가 주로 사용하는 방법을 소개하겠다.

먼저 기본에 충실하자. 본연의 자기 역할에 충실하면 마음에 우울한 생각이 들어설 자리가 없다. 운동은 몸을 끊임없이 움직이게 하여 면역력도 높이고 마음도 건강해진다. 마음수련에 대한 꾸준한 공부도 필요하다. 특히 마음의 근육이 무너지면 정신과 몸의 불균형이 바로 나타난다. 독서든, 마음공부든 자신이 즐길 수 있는 분야에 푹 빠져보는 것도 건강의 비결이다. 마음수련 동안 나에게는 수많은 기회와 인연들이 왔다. 기꺼이 받아들이면서 가다보니 혼돈도 많이 일어나고 여정이 쉽지만은 않았지만 삶의 좋은 경험으로 여긴다. 성숙한 삶을 위한 좋은 배움을 지속하면 좋다. 그 속에서 좋은 사람들과 건강한 에너지 교류를 하는 것이 좋다. 나는 정적인 걸 좋아하는 편인데 가끔은 신박한 경험도 즐겁다. 단식을 통해 비움의 기쁨을, 음식에 관한 모든 인연들에게 감사함을 느낀다. 세상에 대해 겸손한 마음이 생긴다. 나와 맞지 않았던 관점은 그냥 무심하게 잊어버려라. 불만을 떨치고 즐겁게 살려면 세상의 배경지식에 대한 공부도 필요하다. 내 감정의 벽을 이해하고서야 그 너머를 깨달은 것들이 많다.

미국 하버드 공중보건대학 연구진은 2004~2012년 백인 여성 7만 명에게 '나는 불확실한 시기에도 대개 최선의 결과를 생각하는 편이다' 와 같은 6개의 간단한 질문으로 성격테스트를 한 뒤 건강상태를 추적했다. 결혼 여부, 교육 수준, 사회경제적 요인과 같은 변이들은 모두 통제했다. 그 결과 성격이 가장 낙천적(성격테스트 점수가 상위 25%)인 여성들은 가장 비관적인 여성들(하위 25%)보다 사망위험률이 16% 정도 낮았다. 낙천적인 사람이 심장질환이나 뇌졸중으로 사망할 확률은 비관적인 사람보다 각각 38%, 39% 낮았고, 호흡기질환으로 인한 사망률 역시 38% 낮았다. 케이틀린 헤이건 박사후연구원은 "낙천적인 성격을 가진 사람들은 대체로 건강에 좋은 음식을 즐겨 먹고, 운동을 더 열심히 하며, 숙면을 취하는 편"이라며 "직접적으로는 낮은 염증과 적절한 지방질 등 건강한 생체지표(biomarker) 수준을 보였다."고 설명했다.

세상을 긍정적으로 보는 사람이 더 행복하게 오래 산다. 예를 들어 운동경기에서 상대방에게 졌을 때 마음의 태도다. 긍정주의자들은 그 결과를 받아들이고 신뢰한다. 그리고 더 좋은 결과를 위해 실천한다. 건강은 건강한 습관에서 비롯되는 것이라 믿는다. 하지만 단박에 긍정적인 마음을 갖는 것은 말처럼 쉬운 일이 아니다. 부정적인 생각에 사로잡힐 때는 다른 일로 주의를 돌려야 한다. 주변에 부정적인 사람과의 거리를 두는 것도 하나의 방편이다. 긍정적인 사람들은 주변 사람을 지지하고 격려하는 성향이 있다. 운이 좋다고 믿는 사람들은 느긋하고 긍정적이며 늘 마음이 열려 있다. 어떤 마음가짐을 갖느냐가 더 큰 가치를 만든다.

세계적인 성공철학의 거장 나폴레온 힐은 이렇게 말했다.
"긍정적인 마음가짐은 영혼을 살찌우는 보약이다. 반대로 부정적인 마음가짐은 영혼의 질병이며 쓰레기다."
마음이 서글프면 몸도 서글퍼진다. 마음이 몸으로 표현되기 때문이다. 자존감이나 면역력은 지금 내 마음이 나에게 보내는 신호이다. 나는 지금 충분히 잘하고 있다. 나를 긍정하고 칭찬과 너그러움을 주자. 감사의 놀라운 힘과 비밀에 대해 제대로 알게 된 후부터 나에게 감사 마음을 자주 보낸다. 그것은 상대에게 주는 긍정 에너지이기도 하지만, 나 스스로에게 던지는 격려와 긍정의 말이기도 하다. 감사에는 매우 놀라운 긍정과 행복 에너지가 가득하다. 나폴레온 힐이 살았던 당시에도 '대공황'으로 전 세계가 몸살을 앓고 힘든 상황이었다. 그러나 그는 자신에 대한 믿음을 잃지 말 것을 강조했다.

세상에는 좋은 감정, 나쁜 감정 두 종류다. 마음의 특성상 두 감정을 동시에 하는 것은 불가능하다. 좋은 감정은 좋은 결과를 낳는다. 근거 없는 자신감도 좋은 흐름으로 이어지는 경우가 더 많다. 주변에 좋은 인연이 늘 오기 때문이다. 상황과 관계없이 항상 감사하면 성공과 행복한 마음이 일어난다. 자신의 행복만큼 남을 격려해 주게 된다. 진실함과 부드러운 말투는 상대까지도 안정감을 들게 만든다. 자연스럽게 겸손이 배어 있기 때문이다. 나 자신을 편안하게 느낄 수 있다면 우리의 마음은 충분히 건강하다. 자신을 이해하고 알아가는 것은 상대를 아는 것으로 확대된다.

이 책을 통해 오해하지 않고
세상과 잘 소통하는데
작은 보탬이
될수 있기를 소망한다.

## "내 삶의 주인공으로 자기결정권
## 자유의지로 살아라!"

뭔가에 짓눌려 크게 묶여 있었던 마음의 자유와 해방감을 느낀다.

세상에는 선과 악이 공존된다.
크게 도움도 받지만 노력을 해서 넘어갈 산도 함께 온다.
그러한 연결이 삶을 더 견고하게 하고 지혜와 겸손을 장착하게 해준다.
그래야 자기를 들고 세상을 오해하는 오류를 덜 겪게 된다.

인생이란 만나야 할 인연을 통해 자신을 깨닫고 바른길로 가는 여정이다.

저의 내면의 마음탐구 여정에 귀한 인연으로 함께 해주신 분들께 감사를 보낸다.

책의 인연으로 새롭게 만나게 될 인연들께도 미리 감사드린다.

모든 것은 세상에 다 나와 있다.

세상의 관점을 확장해서 나를 맑히고 밝혀서 세상에 이롭게 잘 쓰자.

2022년 5월

김희옥